メディアワークス文庫

いらっしゃいませ 下町和菓子 栗丸堂

「和」菓子をもって貴しとなす

似鳥航一

栗田 仁【くりた じん】

浅草の老舗和菓子屋を継ぐ若き四代目。かつては不良だった時期もある。だが、努力家で子供の頃から技術を叩き込まれていたこともあり、和菓子職人としての腕はかなりのもの。

鳳城 葵【ほうじょう あおい】

和菓子に詳しい不思議な雰囲気の美人。仇名は和菓子のお嬢様。

のんびりした喋り方とは裏腹に芯は強く、和菓子のことになると一歩も引かないところもある。

浅羽 怜【あさば りょう】

自称、栗田の永遠のライバル。細身で優男だが非常に毒舌。その因縁は小学生の頃から続く、悪友にして幼馴染み。

八神由加【やがみ ゆか】

栗田や浅羽と同じく下町育ちで、現在は雑誌のライターをしている。情に厚いところがあるが、ちゃっかり調子がいい面も。

マスター

近所の喫茶店のマスター。栗田とは古い付き合いで兄貴的存在。顔が広く、あっと驚くような人脈を持っていたりする。

赤木志保【あかぎ しほ】

栗丸堂の販売・接客を担当。ちょっときつめの美人で、実際思ったことははきはきと言う性格。威勢のよい江戸っ子気質の女性。

中之条【なかのじょう】

中学卒業と同時に栗丸堂で働き出した和菓子職人。ちょっと頼りないが、気さくな性格で、栗田を兄貴分として慕っている。

目　次

太子の蘇　6

わらび餅　125

栗饅頭　188

巡る季節と、折々の情景。

四季の変化に彩られて、時は緩やかに流れていく。

誰かが長年心を寄せてきた風物も、少しずつ様子が移り変わっていく。

だが変わらないものもある。

東京《とうきょう》、浅草《あさくさ》。

下町の人々が行き交うオレンジ通りに、一軒の和菓子屋が密《ひそ》やかに佇《たたず》んでいる。

明治時代から四代続く老舗で、唐茶色の暖簾《のれん》に書かれた文字は、『甘味《かんみ》処《どころ》栗丸堂《くりまるどう》』。

中に入ると、ショーケースに並んだ数々の和菓子があなたを迎えてくれる。

素朴ながらも多様な形と上品な色合いは、あなたの頬をきっと緩ませるだろう。

どんな事情があっても、予想もしない出来事に見舞われても――。

栗丸堂は今日もそこにある。

あなたはこの店で心和む幸せな一時を過ごすかもしれないし、新たな驚きに遭遇するかもしれない。

太子の蘇《そ》

ニュースによると、かつてない大型台風が来るという話だった。

実際、今夜の風雨は尋常ではない。激しい雨が家の壁を叩《たた》き、強風で窓や玄関は不穏な音を立てている。

もう夜更けだが、布団の中にいても目が冴《さ》えるばかりだった。

「……ったく、やかましい。この状態で寝ろって方が無理あんだよ。神経質な人とか起きちゃうだろ」

栗田《くりた》仁《じん》は布団から身を起こすと、黒髪をくしゃりと掻《か》き回《まわ》し、寝室を出て階段をおりていく。

この家はいわゆる店舗兼住宅で、二階が主な居住スペースだった。

一階は大部分が和菓子屋になっていて、商品を売る場所と、ささやかなイートインスペースである甘味茶房と、実際の和菓子を作る作業場などがある。

和菓子屋兼甘味処、『栗丸堂』——それが店の名前だった。

栗丸堂は瓦屋根と唐茶色の暖簾が目印の老舗だ。オレンジ通りにひっそり建っていて目立たないが、地元民には親しまれていて評判もいい。

もっとも、それは地道に店を守ってきた代々の店主——栗田の父や祖父が偉大だったという話でもあるのだが。

ともかく栗田が店を継ぎ、既に一年半近くが経《た》った。

最初は何度も壁にぶつかったが、そのたびに浅草の仲間と、とある聡明《そうめい》な女性に助けられて持ち直し、人間的にも売上的にも成長することができた。

今では明治時代から続く老舗の四代目店主として、赤字が出ない程度にはうまく店を切り盛りできている。

「さてと」

いつもの和帽子と白衣を身につけ、栗田は単身、夜の作業場に立つ。

「——やるか」

どうせ眠れないなら、少しでも技術を磨いておこうと思ったのだ。

栗田は黒髪に端整な顔立ち、そして均整の取れた痩身の持ち主。ただ、目つきが鋭いせいか、普段は喧嘩《けんか》が強そうな妙に強面《こわもて》の青年に見えてしまう。

実際、昔は不良少年だった時期もある。当時は鬼の栗田なんて呼ばれていたが——。

とはいえ、こうして正式な和菓子職人の服装に着替えると、非常に凛々《りり》しく様になるのだった。

栗田は練習用に保存していた白餡《しろあん》を業務用冷蔵庫から取り出すと、鍋に入れて火にかける。木製のしゃもじで練りながら丁寧に餡の水分を飛ばしていった。

「今のうちに、秋の練り切りにもっと磨きをかけておかないとな——」

練り切りとは、白餡につなぎを加えた生地に細工や彩色を施し、季節の風物を表現する和菓子のこと。

和菓子は含まれる水分量で「生菓子」「半生菓子」「干菓子」に分けられるが、練り切りは生菓子の中でも見た目が美しく、甘くて食べ応えもあるので、茶席などによく使われる。いわゆる生菓子の中でも高級な「上生菓子」だ。

栗丸堂は今年の初夏、ふとした縁で白鷺流《しらさぎりゅう》茶道の御用達《ごようたし》になったため、近頃は練り切りの造形にも以前より力を入れているのだった。

「ん。大体こんな感じか」

やがて栗田は細工に使っていた三角ベラを、作業台の上にことりと置く。

「秋といえば、やっぱこれだろ」

作ったのは、もみじの練り切りだった。

白餡と求肥を混ぜて作った練り切り餡に、赤と緑と黄色の食用色素を加え、葉の形に整えたもの。深まる秋の気配を色彩の変化で表している。

結構うまく季節感が出せていると思った。

だが「結構」とか「そこそこ」といった出来では、目の肥えた茶席の参加者を満足させることは難しいので、その後も栗田は微妙に趣向を変えながら作成を続ける。

「ふう……」

六個ほど作ったところで、ひと息ついた。

もう少しで満足のいくものができそうな気がするが、それにしても——。

「雨も風もマジで半端ねえな。なんかさっきより激しくなってないか？」

集中していて気づかなかったが、外の嵐はあきらかに勢いを増していた。

強風の音は、原初的な独特の不安感を刺激する。今夜は眠れずに怖がっている者も多いだろう。

ふと栗田の脳裏に、ある人の姿が浮かぶ。

——葵《あおい》さん。

鳳城《ほうじょう》葵。仇名《あだな》は『和菓子のお嬢様』。

彼女は今の栗田にとって最も大切な存在だ。

優しく聡明で、ややナチュラルな性格。卓越した和菓子の知識と才能の持ち主で、実際にかなりのお嬢様でもある。

彼女が怖い思いをせずに眠れているといい。飾らない、素直な気持ちでそう思う。

「……大丈夫かな」

そういう栗田は幼い頃から、怖がりとは正反対の性格だった。

運動神経がよかったので、よく様々な部活の試合の代役を頼まれ、重圧を感じることなく勝利に貢献した。不良時代にもそれなりに修羅場を踏んだせいか、危険なことには耐性がある。あるいは生まれつき強心臓なのかもしれない。

――俺がそばにいたら、怖い思いなんか絶対させないんだが。

そう考え、ふっと栗田がかぶりを振ったとき、予想外の驚きが舞い込む。

いや、そんな穏当な表現はふさわしくない。突然、建物全体が揺れたのだ。

作業場の外から、すさまじい衝突音とガラスが割れる破砕音が響く。なにか途方もなく巨大なものが店の入口に突っ込んできた。

続けて吹き込む、激しい雨と風――。

「うわあああ！」

怖いもの知らずだったはずの栗田も、気づけば声を張り上げていた。

──と、それからしばらく経った平日の昼下がり。

大型台風はとうに過ぎ去り、秋の青空が頭上に広がっているが、栗田の気分は晴れない。むしろ心に暗雲がどんより垂れ込めている。

通りから工事中の栗丸堂を仏頂面で眺め、はぁと栗田は溜息《ためいき》をついた。

「……くそっ」

ついてない。

あの夜、栗丸堂の入口に衝突したのは、強風で飛んできた呉服店の看板だった。かなりの巨大看板で、勢いがついていたこともあり、店の入口は滅茶苦茶《めちゃくちゃ》。作業場や甘味茶房こそ無事だったが、開店できる状態ではなくなってしまった。

呉服店のオーナーは商店街の組合の理事長で、青くなって栗田に平謝り。

こういうのは不可抗力だから仕方ないと栗田が言っても、明治時代からの老舗にとんでもないことをしてしまった、どうしても元通りにしたいと言ってきかない。

こうして浅草でも腕利きの職人を集めて、栗丸堂の修繕工事が始まったのだった。

ちなみに二階の住居部分も老朽化していたらしく、そちらもリフォームするという、おまけ付き。

ありがたいが、工事には結構な日数がかかるらしい。その間、栗丸堂の二階には住めないため、現在、栗田は近くのウィークリーマンションで寝泊まりしていた。

もちろん店は休業中だ。

先程、職人たちに差し入れを持っていったついでに進捗状況を尋ねると、可能な限り元の素材を活《い》かす方針で作業しているので、予定より時間がかかりそうだという。

栗田としては複雑な心境だった。

丁寧な仕事をしてくれるのは嬉《うれ》しいが、その間、休業中の店の売上はゼロ。栗丸堂の和菓子を待ってくれている人もいるはずだし、正直、焦燥感に駆られる。

「……ま、じたばたしても仕方ねえけどな」

自分に無理やりそう言い聞かせて、栗田は首の後ろを無造作に掻く。

約束の時間には少し早いが、工事中の店の前を離れて歩き始めた。

その人の姿はどれだけ混雑した人だかりの中でも、白く浮き上がるように栗田の目を引きつける。待ち合わせ場所の雷門の前には、既に葵が待っていた。

長い黒髪と透明感のある優しそうな顔立ち。今日はふわりとしたグレーのニットの上から薄いケープコートを羽織り、品のいいホワイトスカートを合わせている。とても魅力的だ。

ちなみに栗田はミリタリージャケットに黒のパンツという、いつもの格好である。

浅草の象徴である赤い大提灯《ちょうちん》の斜め下——雷神像のそばの柱を背にした葵に近づいていくと、ぱっと目が合う。

「あー、栗田さん！　こんにちはー」

元気に手を振る葵に、栗田はすばやく駆け寄った。

「早いな、葵さん。待ったか？」

「いえー、ついさっき来たばかりですよ。栗田さんこそ早いじゃないですか。わたし待つのは好きなので、多少遅れても大丈夫ですよ。浅草の風景と、楽しそうに歩いてる人の様子を見てると全然飽きませんし」

「そっか」

生まれも育ちも浅草の栗田としては嬉しい言葉だった。

「俺でよければ、間近でがんがん歩いて見せるけど？」

「いいですねー。草原を吹き抜ける風みたいに颯爽《さっそう》と町を練り歩く、いかつい男の姿を見ると心洗われますー」

「お、おう……」

　葵はかなり自由な発想力の持ち主なので、栗田はたまに返す言葉に困る。

「ま、俺は別にいかつくねえけどな。むしろ繊細。最近なんて、めっちゃ落ち込んでるところだから」

「ですよねー。つい調子に乗ってしまいました、ごめんなさい。ところでお店の工事の方はいかがですか？」

「ああ。予定より、ちょい時間はかかりそうだけど、今のところ順調。……でもあれだな。店で和菓子が作れないのは、やっぱもどかしいな。自分の力じゃどうにもできないことだから、余計にさ」

「わかります」

　葵は神妙な顔で言った。

「ただ、そういうときこそ普段できないことをして見聞を広めましょうよ。いろんな刺激を受けてインスピレーションを得れば、今後の和菓子作りにナイスな影響があると思います！」

「ああ。だな」

　栗田はうなずいて続ける。

「それに、こうして平日の昼間からデートできるし」

あ、口が滑った――と思ったときには、栗田の頬は意思とは無関係に、じわじわ赤くなっていた。

それに呼応するように、葵も何度かまばたきすると、伏し目がちに赤面する。

雷門前の喧噪《けんそう》の中、沈黙の空間がぽっかりと生じた。

じつのところ、最近はいつもこんなふうだった。

先日、栗田は葵の過去と関わる、ある大がかりな問題に決着をつけ、その区切りがついたところで、募らせてきた自らの思いを告げた。早い話が告白した。

幸い、葵も承諾してくれて、今のふたりは恋人同士。これより幸せなことは他にないとあのときは心底思ったものだ。

ただ、実際に付き合い始めると、そんな簡単なものではなかったことを栗田は思い知る。いや、人によっては簡単なのかもしれないが、異性との交際が初めての栗田にとっては、かなりの難題。

昔から栗田は男には慕われるタイプだ。付き合い方も心得ている。

だが相手が女性で、しかも自分とは生まれも育ちも違う、生粋のお嬢様となると、慎重にならざるを得ない。

どう付き合っていけばいいのか。そもそも付き合うってどういうことだっけ？　そんな考えを巡らせている自分にふと気づき、愕然《がくぜん》としたりするのだ。

——恋愛初心者にも程があるだろ。

栗田自身そう思うが、じつは葵も似たり寄ったりのようで、ふとした契機に今のようにスイッチが入ると、お互いに意識しすぎて、ぎこちなくなる。

だから交際中なのに、とくにまだなにもない。非常にじれったく、でも決して悪くもない、足が少し宙に浮いているような不思議な状態なのだった。

「わ、悪い……。なんか恥ずかしいこと言っちまって」

栗田が頬を紅潮させて呟《つぶや》くと、「い、いえー」と葵も挙動不審気味に手を振る。

「全然恥ずかしくなんかないですよ。だって、わたしたち——」

そこまで言いかけて葵は口をつぐんだ。

数秒経過しても赤くなったまま、続きの言葉が出てこない。

なんだか、ふたりで墓穴を掘り合っているようだ。栗田は少し汗をかいて言う。

「と、とりあえず行くか！　ほら、今日は国際通りの店に行く予定だったろ？」

「やー、はい、そうですねー。では行きましょう」

過剰に元気な声で言い、ふたりはぎくしゃくした動きで歩き始める。

＊

浅草は江戸時代から繁華街として栄えてきた、伝統ある町だ。

発展のきっかけは「米蔵」という米を貯蔵する倉庫が作られたこと。それを守るために大勢の役人が浅草に配置されて暮らした。

当時、江戸の武士の給料は、原則として米で支給されていたのだ。

やがて、その米を武士の代わりに現金化する業者――「札差」が登場。彼らはときに金貸し業も行い、大儲《おおもう》けした。

そんな札差たちが豪遊するのを商機と見て、多くの商人が出入りするようになる。

そうやって金と人が集まり、浅草の江戸文化は発展していったのだという。

だが、その後もずっと快調だったわけではない。

昭和初期までは芸能の中心地だった浅草六区も、テレビの普及で寂れる。

バブル時代には、町全体が古臭いものだと揶揄《やゆ》されたらしい。

最近は外国人観光客や、ＳＮＳに写真や動画をアップする若者たちの増加で、人気が盛り返してきているそうだが――。

ともかく、紆余曲折《うよきょくせつ》があっても、この町に集う人はいなくならない。漂う独特の情緒も変わらないように栗田は思う。それはきっと新旧が入り交じる、いい意味で雑多な町並みや、そこで暮らす者たちの人情が醸し出すものだろう。

景気が悪化して、なにかと窮屈になった社会や、人間関係に疲れたときこそ訪れてほしい、日本人の心の故郷のような町——。

そんな浅草の雷門通り商店街のアーケードの下を、栗田と葵は並んで歩いていた。

今日の目的地は、国際通りにある〝夢祭菓子舗《ゆめまつりかしほ》〟——少し前にできた和菓子屋だ。色々あって赴く暇がなかったが、評判がいいらしい。栗丸堂が休業中のこの機会に葵と視察に行く約束をしたのだった。

さておき、栗田の失言から始まったぎこちない雰囲気も、徐々に元に戻ってきた。

そろそろ話しかけようと栗田が口を開きかけたとき、隣を歩く葵が「あ、そうだ」と声をあげる。

「ねえ、栗田さん。ほっこりするもの見たくないですか？」

「え？」

急にどうしたんだと栗田は戸惑う。心和む笑顔でも披露してくれるのか？　いや、それはわりと頻繁に見せてもらっている。

「おう。なにかは知らねえけど、見せてくれるなら見たいな」

「そうですかー。じゃあ、お見せしますね！」

葵はふたつ折りの革のケースをバッグから取り出して広げた。

中には一枚の写真が入っている。アイドルか誰かのブロマイドだろうか？

葵が差し出したその写真入れを受け取り、栗田はぎょっとした。

「――うわ！」

「いかがでしょう？」

ふわりと麗しく微笑《ほほえ》む葵とは逆に、栗田の顔は不自然に強張《こわば》る。

写真入れに収納されていたのは、筋骨隆々の壮年男性のブロマイド――。

行きつけの喫茶店のマスターの写真だった。

「……なにこれ？」

マスターは三十代半ばの野生的な雰囲気の男だ。髪はオールバックで、洒落《しゃれ》た無精髭《ぶしょうひげ》を生やしており、長身で胸板が厚い。

栗田との付き合いは長く、夜通しバイクでツーリングしたこともある仲だが――。

そんなマスターが写真の中では薄手のタンクトップ姿で、己の筋肉を誇示するように両手を広げ、雄叫《おたけ》びをあげるようなすごい表情をしていた。

「はぁー……。ほっこり」

葵が両手を柔らかく合わせて、白い天使の笑顔で続ける。

「まるで南国の砂浜をお散歩してるみたいに、ぽかぽか心があたたまりますね」

「そ、そうか？」

それを通り越して、むしろ暑苦しくないか？　栗田はつい真顔になって言う。

「つか、この写真どうしたんだよ、葵さん。じつは筋肉マニアだったの？　俺は別に他人の趣味にけちつけたりしねえよ。ちょっとあれな趣味だとは思うけど、欲しいなら協力もするさ。水臭えな。マスターに頼む前に俺に言ってくれれば――」

「やー、別にわたしがマスターに筋肉写真をおねだりしたわけじゃないですよー」

「ん、そうなのか？」

「こないだマスターのお店に行ったとき、もらっただけです。いつも贔屓《ひいき》にしてくれる葵くんにサービスのプレゼントだよって」

「……あのおっさん、アホだったの？　まぁ、薄々そんな気もしてたけど」

だが葵は意外な言葉を続ける。

「ほんと、気づかい上手ですよね、マスターさんって」

「へ？」

どんな思考回路を経たらそうなるのか、栗田はぽかんとして言葉を失う。

「これってたぶん、わたしと栗田さん、両方への贈り物なんですよ。あの人、『いいか葵くん。話のネタに困ったときは遠慮なく栗田にこの写真を突きつけてやれ。必ず盛り上がる』なんて言ってたんですけど……。素敵ですよねー。あえて自分が道化を演じることで、会話の潤滑油になってくれる男の優しさ。よっぽど栗田さんを大切に思ってなきゃできないことです」

「マ、マジで？　そんな深い意味があったのか」

だが落ちついて考えると、うなずけなくもない。つまるところマスターは交際中のふたりが今どんな状態なのかを知り、心配してくれていたわけだ。

栗田は仏頂面でぼそりと言う。

「ああ。……これは確かにほっこりする」

「でしょう？」

「ありがとな、葵さん」

「いえいえー。むしろお礼は、体を張ってネタを提供してくれたマスターさんに。男同士の思いやりって、やっぱり素晴らしいですねー」

「まぁ、半分くらいは悪ふざけでやってそうだけどな！」

そんなやりとりをしているうちに、すしや通りの前を通りすぎ、国際通りに突き当たる。まもなく目的の店が見えてきた。

「ここか」

夢祭菓子舗は町家を改装したような、浅草でも少し浮くほど濃厚な日本情緒が漂う和菓子屋だった。入口には紫色の暖簾がかかっていて、品のある老舗という雰囲気。

だが実際にはオープンしたばかりの新店だから、それは演出されたものだ。

暖簾を眺めながら、葵は細いあごをつまんで、なにか考えている。

「ん――……」

「どうした、葵さん？」

「なんでしょうね。たぶんなんでもないんですけど――とりあえず入りません？　お昼は食べてきたんですけど、ちょっと小腹が」

「ああ。甘いものは普通の胃とは別な胃に送られるからな。牛とか羊も胃が四つあるから」

「わたしは人間ですけどねー」

栗田と葵は揃《そろ》って夢祭菓子舗に足を踏み入れた。

*

店内は、窓に障子がはめこまれた純和風の空間だった。

全体的に木目調だが、椅子のクッションが趣深い濃い紫色だったりして、格調の高さも感じさせる。平日にしては客入りもよく、席の七割が埋まっていた。

「結構人気あるんだな……。葵さん、なんにする？」

「んー、色々あって迷っちゃいますね」

「聞いたことない名前の菓子も多いしな。オリジナルなんだろうけど」

テーブルについた栗田と葵がメニューを見ていると、やがて和帽子と白衣姿の青年が近づいてくる。二十代前半というところだろう。栗田たちの前で立ち止まると、青年は心持ち首を傾《かし》げ、無言で視線を注いでくる。

「あの、なにか？」

栗田が声をかけると「もしかして、甘味処栗丸堂の店主さん？」と青年は言った。

「そうですけど。でも、どうして？」

「やぁ、栗丸堂といえば浅草でも結構な老舗だから。ネットの公式サイトに顔写真も載ってたので」

言われてみれば、小さく載せていた気もする。

いずれにせよ、同業者同士だとわかったのなら挨拶するべきだろう。

「どうも、栗丸堂の栗田仁です」

「うん、そっか。うちの店に食べに来てくれたってことなんだね。嬉しいなぁ」

にこっと破顔すると、青年は和帽子をとってお辞儀する。

「僕はこの店の主人で、和菓子職人の弓野《ゆみの》有《ゆう》。生菓子から干菓子まで、大体なんでも得意——なんて言ったら生意気だと思われちゃうかな？　実際は謙虚で人懐こい性格なんだけどね。甘味を扱う仲間同士、今後は遠慮なくいこうよ。どうぞよろしく」

「……は、はあ」

謙虚、と栗田は思う。

初対面でいきなりタメ口なので、少し面食らった。

でもまあ、これが今時の流儀なのかもしれない。別に嫌ではなかった。礼儀作法も時代によって変わるものだし——などと、自分の方がたぶん年下なのに、老成したことを考えてしまう栗田である。もともとの性格が古風なのだ。

弓野は柔らかそうな細い髪と、中性的な顔立ちが特徴の青年。

どこか可愛《かわい》らしい猫を連想させるその雰囲気は、不良時代に鬼や狼《おおかみ》などと呼ばれていた栗田とは、まったくの逆だ。きっと性格も正反対な気がする。

「ねえ。来店してくれた記念に、写真を撮ってもいいかな？」

ふいに弓野がそんなことを言うので、栗田は思わず「……はい？」と聞き返す。

「僕はね、ＳＮＳでの情報発信にすごく力を入れてるんだ。今は仲良しであることが人に購買行動を促す強い力になる時代だし――いいよね？」

――なんかすげえ。ぐいぐい距離、詰めてくるな。

戸惑いながらも栗田が「別にいいけど」と答えると、弓野はこちらに肩をぴたりと寄せて、手慣れたふうにスマートフォンで写真を撮った。

「うん！　これで公認の仲良しだね、僕たち！」

そして弓野は、今度はテーブルの対面で呆気《あっけ》に取られている葵へ顔を向ける。

「えっと、そちらの方は――」

「俺の彼女」

栗田はぴしゃりと先んじた。「悪いけど、写真はお断りだ」

馴《な》れ合《あ》いが面倒臭くなった栗田が、詰められた距離を突き放すようにそう言うと、弓野は「あ、そうなんだー……」と気まずそうに微笑んで身を引いた。

対面の葵はというと目をぱちぱちして、わずかに頬を赤らめている。

その様子を見て、またも照れ臭い気持ちが栗田の胸に急速に込み上げるが、無理やり振り払って言った。

「つか、弓野さん。この店で今お薦めの和菓子ってなんですか？　初めてなんで、できれば教えてもらえるとありがたいんですけど」

「うん。それはやっぱり葛焼きだよ」

弓野はくるりと愛くるしい笑顔になって続けた。

「食べて、きっと損はないと思うよ？」

店主にそう言われたら、別なものを注文するのも妙な話だろう。栗田と葵が葛焼きと抹茶のセットを注文すると、弓野は嬉しそうに店の奥へ戻っていった。

「ふう。なんだか妙なやつだったな」

「やー、確かに個性派の……。でも、ああいう名物店長さんみたいな方って、お客さんからすれば魅力的なんじゃないですか？　会いに行けるなんとかさんみたいに距離が近い感じで」

「会いに行けるスーパーの店員さんとか、コンビニのアルバイトさんとか？」

「……を兼ねた、人懐こい好青年？」

「そーなのかねぇ」

そうなのかもしれないが、真似《まね》をしようとは全然思わないので、栗田の興味は自然と和菓子の方へ移る。

「でも、葛焼きが食べられるのは嬉しいよな。あれって普通、夏の和菓子だろ？」

「ですねー。鳳凰堂《ほうおうどう》でも、だいぶ前に取り扱い期間が終わってます」

鳳凰堂というのは、正式には『赤坂《あかさか》鳳凰堂』という日本最大級の和菓子メーカー。各地に支店があって、パリとニューヨークにも販売拠点が存在する。

じつは葵はそこの社長令嬢で、だから『和菓子のお嬢様』という異名は偽りのない事実だったりもするのだ。たまに葵の口から、常識に囚《とら》われない素っ頓狂発言が飛び出すのは、その育ちが影響しているのだろう。

「たぶん看板商品のひとつなんだろうな、葛焼き」

「なかなか渋い選択ですよねー。あの店長さんの好みなんでしょうか？」

「どうだろうな……。でもラインナップを見ると、案外そうなのかも。個性的な戦略だけど、はまれば当たる気もする」

葛焼きは、葛粉に砂糖や餡を加えたものを加熱して練り上げ、冷ましてから四角く切って、小麦粉をまぶして焼いた上生菓子だ。

名前のとおり、葛を焼いたシンプルな和菓子で、見た目はきんつばに似ている。

ただ、この店では中に餡の塊を仕込んだものや、小豆の粒をちりばめたもの、イチジクや栗を練り込んだものといった、様々なタイプを取り揃えていた。

一見、素朴なイメージのある葛焼き。

だが、それはとても繊細な味だから、魅力が伝わりにくいだけだったりもする。

葛焼きの表面上の素朴さに彩りを加え、その奥深い世界に客を誘うことができれば、この店はきっとうまくいく――そんな気がした。

ややあって、注文した商品が来る。

「お待たせしました」

今度は弓野ではなく、普通の女性店員が運んできた。盆の上には抹茶の入った茶碗《ちゃわん》と、角皿に載せられた大きな葛焼きがある。

たっぷり餡を練り込んだ黒い葛生地。

その表面は粉雪がまぶされたように白く、端正な正方形にカットされていた。

「へえ……。結構ボリュームがある葛焼きだな」

「ほんとですね。普通はもう少し小さく切ったものが多いのに」

「ま、とりあえず食べるか」

「はいー、いただきましょう」

ちなみに葵の「はいー」は「い」にアクセントがあり、栗田はひそかに可愛いと思っている。

菓子楊枝《ようじ》で弾力のある葛生地を切ると、栗田は口に入れた。

歯を立てると、白いパウダーをまとった外皮がぷるりと破れて、葛特有のねっとり食感が広がる。葛の風味と、仄《ほの》かな餡の甘さが舌の上で柔らかく儚《はかな》く溶けていった。

「……なんだよ。うまいじゃねえか」

栗田は思わず手を軽く打ち合わせる。

あの店主の態度からは想像もできない、雅《みやび》な甘味だった。派手ではないが、地味でもない。その中間に川のせせらぎのような淡く複雑な風味が凝縮している。

対面の葵は、食べ始めたときこそにこにこしていたが、今は真顔で集中していた。

「……純度百パーセントの吉野本葛。それに、丹波大納言小豆で作ったこし餡ですね。練り込みが濃くも薄くもなく、なめらか。ここの店主さん、かなりの腕です」

「ああ、俺も同感――ってか、すげえな葵さん。この抑制された甘味で、小豆の種類までわかるのか」

「あー、いえ。なんとなくそんな気がしただけで」

えへへ、とはにかんで笑い、「でも、味にちゃんとまとまりがありますよね」と葵は話を流したが、店主に材料を確認すれば、きっと的中しているのだろう。

彼女は生まれつき鋭敏な味覚の持ち主で、ときには食べた和菓子から材料や製法まで言い当てられるほどなのだ。

「まぁまぁ、美味《おい》しいものを前に細かいことは言いっこなしです。食べましょう」

「だな。俺は細かい話も結構好きだけど。——お、この抹茶も濃くて旨《うま》い！」

「ほんとだー。きりっとした渋みが葛焼きとよく合いますね」

「なんか葛を食べると、夏が戻ってきたような気がするな」

ふたりは美味しい時間をゆっくりと堪能《たんのう》した。

「あぁ、旨かった。これはうちの店もうかうかしてられねぇ——ってまだ当分、工事中なんだけど」

「心配しなくても大丈夫ですよ。常連さんは待っててくれます。わたしもまた栗丸堂の豆大福が食べられる日を楽しみにしてますし」

「ん。サンキュな、葵さん」

会計を終えて店を出た帰り道、栗田と葵は和気藹々《わきあいあい》と雷門通りを歩いていた。

最初は風変わりな店長——弓野の態度に戸惑わされたが、なかなかどうしていい店だというのがふたりの共通見解である。

「あ。そういえばあいつ、ＳＮＳで情報発信を頑張ってるとか言ってたっけ」

ふと思い出し、実際に見てみたくなった。栗田はスマートフォンを取り出すと、弓野の名前で検索してみる。

だが出てきた弓野のＳＮＳアカウントを目にして、ぴたりと足が止まった。

「どうしたんですか？」

葵が栗田のスマートフォンの画面を横から覗《のぞ》き、「あー」と平板な声を出す。

弓野有@ Yuu_Yumino
今日は甘味処栗丸堂の店主、栗田さんがお店に来てくれたよ。
栗丸堂といえば豆大福。いかにも下町の安っぽい和菓子だけど、素敵だよね！

弓野有@Yuu_Yumino
ただ、本当に上質な和菓子はもっと複雑で、簡単にはわからないものなんだよ。
ありきたりな安っぽさに背を向けてるからこそ、本物だって思わない？

弓野有@Yuu_Yumino
うちの店には、そんな高級な和菓子がいっぱい。みんなもっと上流においでよ。
栗丸堂の栗田さんも、その方がいいって言ってたよ。ほら、証拠の仲良し写真！

そんな最新の投稿とともに、栗田と弓野が肩を並べた写真が掲載されている。

栗田は低い声でぼそりと言った。

「あいつ……人の写真使って、勝手な主張しやがって」

「やー、しかも、すごくわかりやすくマウンティングしてますねー。普通なら炎上しそうですけど、貶《けな》しながら褒める書き方とか、この人のキャラクター性とか、仲良し写真なんかの合わせ技で、むしろ高評価されちゃってますよ」

マウンティングとは、誰かよりも自分の方が上だとアピールすることだ。

その際、往々にして他人の価値を下げる主張をしてから、自分を優位に置く。

下げられた側からすれば迷惑極まりないが、他のなにかと比較を行い、一方を貶《おとし》めてからでないと物事を語れない人が、世間には意外と多いのだという。

いわゆる「Aはなんとかだけど、Bは素晴らしいね」という話し方だ。

「うわ、『いいね』も集まりまくってる……。マジな話、あいつの主張に、なんかいいとこあった？」

「んー、弓野さんのファンには、ちょっと素敵な言葉に聞こえるんでしょうね、どんな内容でも。でも放っておくのもなんですし、抗議しに行きましょうか」

栗田と葵は来た道を引き返して、再び夢祭菓子舗へ。

店の中に入ると、近くを歩いていた弓野と、いきなり目が合った。

「あれ？　どうしたの栗田くん、そんな顔して。忘れ物でもした？」

屈託なくそんなことを言う弓野に、半ば呆《あき》れて栗田は詰めよる。

「あのさ、俺の写真で勝手にお友達アピールすんの、やめてくんない？　あと、店を当てこするのもやめろよ。認めてるふうを装った書きぶりが逆にいやらしいんだよ」

「あ。そのことかぁ」

意外にも、弓野は困ったように小首を傾げて微笑む。

「うん、ごめんね、栗田くん。勝手に写真を使われて迷惑だったよね？　僕、新しい仲良しができて嬉しくて、ついスマホをいじる手が止まらなかったんだ」

「なんだよ。すごい手だな」

「そうでもないと思うけど。すごくなんかないよ。僕のは、ごく普通の男子の手」

「……そうかよ」

弓野は栗田の知人たちとはまったく異質な反応で、困惑を誘う。本当にやりにくいやつだな、と栗田は舌打ちしたくなるが、弓野はさらに意外なことを言った。

「でもね。優しい嘘《うそ》は書いたけど、表現した気持ちに嘘はないよ」

「なに……？　今度はどういう意味だ」

「SNSに書いたことは多少脚色はあっても僕の本音。僕は下町の和菓子って、基本的にレベルが低いものだと思ってる。やっぱり和菓子って、季節の上生菓子とか葛焼きみたいに格調高いものであるべきだよ。僕は浅草の住人に、本当に上質な和菓子を知ってもらいたいんだ」

柔らかな口ぶりで弓野が語った独善的な内容に、栗田はかちんと来る。

だが——一瞬考えてしまった。

確かに栗丸堂では誰もが親しみを持てる和菓子に力を注いでいて、格式の高さにはあまりこだわってこなかった。代々そういう方針だったのだ。

その姿勢はもちろん間違っていないが、弓野の言葉も一面の事実を含んではいる。上流階級の嗜《たしな》みというのか、和菓子にある種の高級感を求める者が多いことを、白鷺流茶道の御用達になって以来、栗田はしばしば実感していたのだ。

多種多様な和甘味の世界。

幅広い魅力を損なわずに、併せ持っていけたらいいんだが——と栗田が考えていると、その沈黙を賛同と受け取ったのか、弓野がにっこりして続けた。

「うん、わかってもらえて嬉しいよ。待っててね、ここが東京一の名店になるのを。そのとき浅草は今よりずっと品のいい、上級和菓子の聖地になってるはずだよ」

「はいはい、寝言は寝て言ってろ」

主張のすべてが的外れだとは言わないが、やはり地元浅草の和菓子をナチュラルに見下しているのは鼻につく。いつものように栗田は口を開きかけた。

——おまえはなにもわかってない。下町の魅力の真髄を教えてやるから、うちの店に食べに来な。

だが今の栗丸堂が工事中で、部外者は立入禁止であることを、はたと思い出す。

「……うっ」

言葉を呑《の》む栗田に、「どうしたの？　大丈夫？」と弓野が心配そうな目で言う。

「向けんな。俺につぶらな瞳を向けんな。なんでもねえよ」

「あんまり頑張っちゃだめだよ？　そういうのって心にも体にもよくない、旧世代のやり方だからね。ストレスフリーこそが新時代の美学だよ。上質の和菓子は、上質の生き方から生まれるんだ。もっと自分に優しくしなきゃ」

まったく——こいつとは本気で噛《か》み合《あ》わないな、と栗田はつい渋面になった。どこでどう育った人間なのだろう？　同じ和菓子職人なのに価値観が全然違う。

弓野は続けた。

「僕はね——ある目的で、ここを和菓子好きが集まる中心地にしたいんだよ。そのためにも仲良しは大勢いた方がいい。ねえ栗田くん、今度うちに遊びに来て。レベルの高い上生菓子の作り方を教えてあげるよ。一緒にこの町を、もっともっと雅な和菓子の町にしていこう？　そして——ふふっ」

弓野は自分の世界に浸るように、ふふふふっと含み笑いする。

わけがわからん、と半分呆れて栗田は言った。

「……ま、せいぜい今のうちに調子に乗ってろ」

売られた喧嘩は買うが、『仲良し』として、こちらの価値観を柔らかく侵食してくる相手は初めてだった。これもマウンティングの一種なのだろうか？

そのとき、ふいに葵がさらりと前に出て口を開く。

「やー、頑張らなくていいってことを頑張らせようとする人って、逆説的にガンバリストさんですよねー。ガンバリストなエバンジェリストさんなんでしょうねー」

あまりにも理解不能な発言だったので、皆が一様にきょとんとした。

「……という冗談はさておき」

ジョークだったらしい。葵が気まずそうに小さく咳払《せきばら》いして続ける。

「それはそうと弓野さん、あのSNSの書き込みと写真は削除してください。仲良しの栗田さんが嫌がってるわけですから」

そういえば、それが本来の目的だったことを栗田は、はたと思い出した。

突然の現実的な一言に、マイペース人間の弓野も我に返る。

「うん──。それについては確かにそうだね。先走りすぎたよ」

意外にも弓野はスマートフォンを取り出すと、その場でSNSの投稿を削除した。

「これでいいよね。ごめんよ、栗田くん」

「……ああ」

もしかしたら彼は性格が独特なだけで、悪気はなかった──のだろうか？

そして物事にはタイミングというものがあるのだろう。事態に切り込む時機をうまく見計らっていた、利発な葵に助けられた形だった。

とはいえ、またいつ傍迷惑《はためいわく》な話をＳＮＳで広められるかわからない。悪気がないなら、余計にその不安は残る。

厄介なやつと関わっちまったな、と内心頭を抱えて栗田たちは弓野の店を後にした。

*

「つーわけで、店は工事中だし、変なやつには目ぇつけられるしで、今ブルーでさ」

「すっごい天然な人でしたよね。わたしが言うのもなんですけど」

栗田と葵が一連の出来事を語って聞かせると、カウンターの中でマスターが豪快に笑った。

「ははっ！　ほんと、次から次に色々舞い込むなぁ！　退屈から縁遠くて、結構なことじゃないか」

「……他人事《ひとごと》だと思って」

オレンジ通りにある馴染《なじ》みの喫茶店だった。水出し形式のダッチコーヒーが美味しい欧風の店である。

カウンター席で、栗田の隣に座っている葵が言った。

「それはそうとマスターさん。先日は自作のブロマイド、ありがとうございました」

「少しは役に立った？」

「はいー、それはもう」

栗田が「……いやあれ、一歩間違えたらハラスメントだから。通報されてもおかしくねえから」と口を挟んでも、マスターはカップを軽快に磨きながら聞き流す。

代わりに赤木志保《あかぎしほ》が、カウンター席でコーヒーを一口飲んで涼しげに言った。

「そうさねぇ。その辺は確かに判別が難しいところだけどよ。栗のブロマイドなら、あたしも一枚もらってやってもいいねぇ」

「僕も欲しいです、栗さんの生写真！」

そう言ったのは、同じくカウンター席の中之条《なかのじょう》だ。栗田はつい半眼になる。

「なんでおまえらが欲しがるんだよ……。毎日、店で飽きるほど見てただろ」

「だからこそですよ！　毎日見てたのに急に会えなくなったから、心の準備が」

「この店でも、よく顔を合わせてるじゃねえか。で、なんの用なんだよ」

今日は偶然出くわしたわけではない。弓野の店を出た栗田と葵が、もやついた気分で歩いていると、ふいに中之条からＬＩＮＥのメッセージが来たのだ。

今マスターの店にいる。渡したいものがあるから、都合のいいタイミングで寄ってほしい――そんな内容だった。

早速、足を運ぶと志保もいて、栗丸堂の従業員三名が揃ったわけだが――。

志保は生まれも育ちも浅草の、いなせな年上の女性。栗丸堂では販売と接客を担当してくれている。

中之条はいつも栗田と一緒に和菓子を作っている年下の職人だ。明るく遠慮のない性格で腕もまあまあよく、同僚としては申し分ない。

「用件はですね……。はい栗さん、これをどうぞ」

ふいに中之条がカウンターの上に出したのは、ギフト券を入れる封筒だった。

「なんだよ急に。開けていいわけ？」

「もちろん！　早く中を見てください」

封筒を開けると、中にはホテルのチケットと新幹線の切符のセットが入っていた。

「……食事付きペアご宿泊券。なにこれ？」

栗田が低い声で呟くと、中之条が苦笑して言った。

「やだなぁ。今、自分で読み上げたじゃないですか」

横から志保が口を出す。

「普段、色々と世話になってるからねぇ。あたしらから、せめてもの贈り物さ。店があんなことになって落ち込んでる栗に、心ばかりのプレゼントってね」

にかっと志保が笑い、「ま、そういうことだ」とマスターが言葉を引き取る。

「店の件は災難だったが、物事は捉え方次第。まとまった休みが取れたと思って骨休めしてくるといい。不幸を幸に、くるりとひっくり返すわけさ」

「え……。じゃあこれ、みんなでお金を出し合ってくれたってこと？　や、悪いよ。こんな高そうな――」

栗田が驚いて言うと、マスターは不敵な面持ちでかぶりを振る。

「なあに、心配いらん。俺の知り合いに、旅行会社のお偉いさんがいてな。ちょいと交渉したら、驚きの激安価格で転がり込んできた。有志の皆で協力したから、一人頭の負担は微々たるもんだ。葵くんと楽しんでくるといい」

「おうよ。行ってきな！」志保がうなずく。

「にひひ」中之条が鼻をこすった。

「おまえら……」

身近な存在だからこそ、逆に驚きがすごい。こんな形で励ましてくれるなんて。

心配してくれていたんだなと思い、胸に嬉しさがじわじわ込み上げる。

とはいえ、我に返ると、隣に座っている葵のことが意識にのぼり、栗田は言った。

「でもこれ……泊まりのチケットだろ」

「だから？」

マスターは平然と答えた。いかにも〝おまえたちは付き合っているんだろう〟と言いたげなその表情に、栗田は微量の汗をかく。

確かに葵と恋人同士にはなった。だが、それは現状、ほとんど言葉だけのもの。ふたりの関係は変わっていないし、むしろ意識すると過剰に固くなって、付き合う前よりも後退した感すらある。これではまずいと思ってはいるのだが――。

初めての宿泊旅行。言葉には出さないが、それがなにを意味しているかくらい栗田にもわかる。でも少しハードルが高くないか。もっと冴えた進め方があるんじゃないのか。とはいえ、今のままでは、とても――。

カウンターで頬を紅潮させて栗田は懊悩《おうのう》する。

鶴の一声が響いたのは、悩みに悩んだ栗田の頭が限界を迎える寸前だった。

「やー、嬉しいですねー。わたし喜んで参加しますー」

「葵さん……？」

驚いて顔を向けると、隣で葵が片手を上げて笑顔で敬礼していた。

「秋ですし、どこかに旅行したいなって思ってたんですよ。ただこういうのって、ひとりよりふたりの方が楽しかったりするじゃないですか。栗田さんなら旅先で猪《いのしし》に出くわしても素手で戦ってくれそうですし、見どころ満載で、わたしは大歓迎ですー」

早口で流暢《りゅうちょう》にまくし立てた葵だが、その笑顔は赤く染まり、相当に力んでいる。

葵も自分たちの関係を気にかけてくれていたのか？　栗田は胸が熱くなった。

「──ああ、まかせろ」

気づけば栗田は、葵を正面から見つめて告げている。

「猪の一匹や二匹、俺が相手してやんよ。旅行しよう、葵さん」

「ひゃー、すごい栗田さん。すごい益荒男《ますらお》ぶりー！」

葵が驚きつつも嬉しそうに拍手し、好機到来とばかりに周りの者が茶々を入れる。

「さすが！　栗丸堂四代目！」と志保が。

「よっ、和菓子の若大将！」と中之条が。

そしてマスターがごつい体で大仰なポーズを取って言う。

「猪退治で観客総立ち！　シャイでいかつい、あんちくしょう」

「やかましいわ！　いくらなんでも好き勝手言いすぎだよ！」

栗田の言葉に、皆が揃って笑う。なんだか先の苦労が目に見えるようだが──。

ともかく皆の厚意を受けて、栗田と葵はふたりだけで遠出することになった。

*

「はー、いいお天気」

新幹線から駅のホームに出て、頭上の青空を見上げた葵が心地よさそうに続ける。

「よく寝て、すっかり目も覚めましたー」

「出発、朝早かったもんな。じつは俺も少し寝てた」

えへへ、と葵は照れ臭そうにはにかみ、「おはようございます」と会釈する。

「ああ。おはよ」

その秋の大型連休の初日、栗田と葵は予定通り旅行に出かけた。

行き先は古《いにしえ》の都、奈良《なら》だ。

マスターの話では最初は京都《きようと》を想定していたそうだが、「奈良なら今、安く手に入るチケットがあるよ」と言われてフレキシブルに即決したらしい。

いずれにせよ、二泊三日で朝と夜の食事付きペア旅行に文句などなく、気合を入れて今日という日に臨んだ。栗田は高揚感と緊張で、昨日はほとんど眠れなかったくらいだ——が、聞けば葵も同じくそうだったらしい。

早朝、東京駅から新幹線に乗った当初は、ふたりとも元気にはしゃいでいた。

というより気恥ずかしくて、行儀よく談笑などしていられなかったのだ。

流れる風景を見ながら葵が声を弾ませる。

「わー、新幹線速いですね。わたしたち、今こうやって座席でくつろぎながら、時速何百キロものスピードで移動してるんですね——って想像すると、すごくないですか？　鳥とか動物の身になって考えれば、わたしたちって今、神仏みたいな奇跡的なことをしてるんじゃ？　ところで栗田さん、みかん食べます？」

「お、おう。話がどうつながってるのかわかんねえけど、サンキュ」

「やー、思いついたまま喋《しゃべ》ってるので、つながってないです。ついでに面白い話、聞きたくありません？」

「このみかん、甘くてうまいな——って、ああ。聞かせてくれるならぜひ聞きたい」

「じゃあ言います」

「ん」

「アルミ缶の上に、あるみかん——。ぷっ……くすっ……ぷーくくく！」

「面白い笑い方！」

葵はお笑い好きで、時々頭のねじが外れたような駄洒落《だじゃれ》を自ら披露してくれる。ともかく、そうやってはしゃいでいるうちに時間が流れ、次第に葵の口数が減っていく。やがてこくこくと船を漕《こ》ぎ出し、名古屋《なごや》に着く前にはすっかり寝ていた。

可愛い——と思うと同時に、眠気が伝染して、栗田もまもなく眠ってしまう。

素敵な旅、夢気分。そして、もうすぐ京都に到着する旨のアナウンスを聞き、ふたりは慌てて飛び起きたのだった。

旅行の前日は早く寝るべき。そんな当然の教訓を痛感させられた栗田である。

その後、京都駅から、みやこ路快速でＪＲ奈良駅まで約四十五分。今は外に出て、近鉄奈良駅へ徒歩で移動中だった。

今日の葵の服装は上品なドットワンピースに、ふわりとしたケープコート。足には歩きやすそうな黒のシューズを履いている。

葵のキャリーケース（小さいが、やけに重い）は、ここまでは栗田が代わりに引いてきたが、到着した近鉄奈良駅のコインロッカーに預けていくことにした。

宿泊する予定のホテルは、駅の北側。

とはいえ、そちらに行く前に、東と南の名所をあちこち見ておきたい。

「身軽になったところで、まずは大仏を見に行くか。奈良だし」

「はいー、奈良ですしね！」

青空の下、ふたりで大宮通りを東に向かう。小鳥を思わせる葵の躍動的な歩き方は浮き立つ気分をそのまま表しているようで、見ている栗田も心が躍った。

「考えてみれば俺、奈良って初めてなんだよな。小学校の修学旅行は日光《にっこう》だったし、中学のときは京都だったし」

「なんか意外と来る機会ないかもですね。わたしも子供の頃、お父様によく京都には連れていってもらったんですけど」

「どうしてでしょうね。都が続いた長さが結構違うから？」

「みんな京都に行きたがるよな。奈良も有名な日本の古都なのに」

「平城京と平安京？」

「鳴くよウグイス、平安京ー。京都は千年以上も日本の首都だったわけなので」

「まぁ、今でも首都だと思ってる人もいるかもしんないけどな」

冗談だと受け取った葵が楽しそうに笑うが、栗田は思い出す。

中学の修学旅行で京都に行ったとき、迷って通行人に道を訊《き》いたら「東京みたいな田舎から、よう来はったねぇ」と上品に労《いたわ》られたことを。

あれはジョークなのか本気なのか、まったく判別できない口調だった。

もちろん道自体は親切に教えてくれて、とても助かったのだが。

「千年の都、平安京と比べたら、平城京は七十年と少しか……。そりゃみんな長い方に向かうかもな」

「でも古いのは平城京の方ですからね。古代のロマンを感じるなら奈良ですよ」

「だな。そもそも続いた年月と都の魅力は、あんま関係ないと思うし。今とは比較にならない過酷な時代を生きた人たちが、当時の中心都市として憧れた——見て回るなら、その気分を想像したいよな」

ふと思い出して栗田は呟く。

「あをによし、奈良の都は咲く花の、薫《にお》ふがごとく今盛りなり——みたいなさ」

奈良時代の貴族、小野老《おののおゆ》が詠んだ歌だ。

『あをによし』というのは、特定の言葉の前に演出的につける枕詞《まくらことば》。普通この後には『奈良』という言葉が続く。

語源は諸説あって、もともとは『青丹《あおに》よし』と書き、昔、奈良で青土《あおに》という顔料の土がとれたことに由来するとか、平城京の建物は青色も丹色《にいろ》（赤色）も美しいという意味だとか、色々だ。時が流れる中で、複数の意味が混ざり合ったのかもしれない。

歌の意味は、『美しい奈良の都は、咲く花が輝くように今が盛りである』——。

小野老は九州《きゅうしゅう》の大宰府《だざいふ》で都を思い出し、この歌を詠んだ。そのとき彼の胸には全盛を誇る奈良の都が、鮮やかに浮かび上がっていたことだろう。

気づくと、隣の葵が目を丸くして栗田を凝視している。

「な、なに？　どうした葵さん」

「……歌人！」

「へ？」

呆気に取られる栗田を前に、葵が目を輝かせて続ける。

「歌人、栗田仁ー！　って、なんかラップみたいに韻を踏んじゃいましたけど、栗田さんってほんと、何気に風流人なんですよね。忘れた頃に文学的素養をさらりと垣間見せて、わたしの心を刺激してくれます！　なんかもう、思いを掻き立てる巨匠じゃないですか」

「ないから……。悪いけど、文学的素養とか皆無だから。俺、大学も理工系だし、今のは学校の先生が口走ったのをたまたま覚えてただけ……」

「またまたー。そうやって謙遜するあたりが、また心憎し！」

「心憎くないっす」

「いとをかしー」

「まぁ、和菓子は好きだけどな」

そんな話をしながら歩くうちに、奈良公園の敷地《しきち》内に入った。

紅葉は見頃というほどではないが、木々の葉は色づき始めている。漂う匂いは仄かに香ばしく、あちこちを鹿が自由に歩いていることに栗田は驚いた。

「うお、すげえな鹿。ほんとに放し飼いにされてるよ」

「一応、野生動物という扱いみたいですけどね。天然記念物ですし、まさか捕まえようとする人はいないでしょう。この鹿たちがクリスマスにサンタさんを乗せたそりを引いて、良い子の家へプレゼントの配達に回るかと思うと感慨深いものがあります」

「や、それトナカイ……」

「ふふ、冗談です」

葵は悪戯《いたずら》っぽい笑顔で、ふいにくるりと回ってみせた。ケープコートが翻り、まるで妖精のようだ。

そんな彼女を周りの鹿たちが、物欲しそうな目でじっと見ている――気がする。

「……ちょっと貢ぎ物でも買っとくか」

「あ、いいですね」

ふたりは近くの販売所で鹿せんべいを購入すると、鹿に食べさせたり、無言で寄ってこられたり、つぶらな黒い瞳に取り囲まれたりしながら参道を進んでいった。

南大門を通過して、少し歩くと中門があるが、ここからは入れない。左折した先に入堂口があり、その先に東大寺大仏殿がある。

「お、これが噂《うわさ》の――」

奈良の大仏というのは通称で、正式には東大寺盧舎那仏像《るしゃなぶつ》という。その巨大さに、栗田が「ほんとにでかい」とストレートに感心すると、隣の葵が厳かに合掌した。

「ありがたやー」

「……そうだな」

本当にそう思う。葵とふたりでここに来られて――。

ありがたい大仏の前で、ありがたみを噛み締めていると、信心深い気分になってきた。栗田と葵は大仏殿を出ると、今度はさらに東の春日大社《かすがたいしゃ》へ向かう。

こちらは仏教ではなく神道で、藤原《ふじわら》氏の氏神を祀《まつ》るために、およそ千三百年前に創建された神社だ。バスだと途中まで楽に行ける。

栗田と葵は自然を満喫しながら参道をゆっくりとのぼった。あちこち見物し、本殿の境内をぐるりと巡り終わった頃には、すっかり心地いい疲労感に満たされていた。

「んー、このうどん美味しい。五臓六腑《ごぞうろっぷ》に染みわたるー」

山菜うどんを口にした葵が幸せそうに目を細めた。

「……酒じゃないんだから」

栗田は少し笑い、その拍子に箸から逃れた海老《えび》天が、うどんの上に落ちる。

ここは奈良公園の敷地内の茶屋。春日大社で参拝した後、休憩を兼ねて昼食をとることにした。ふたりとも空腹だったので、たちまち食べ終わる。

食後のお茶を飲みながら、ふと気になっていたことを栗田は訊いた。

「でもよ、平気だったのか？」

「なにがですか？」

「なんというか、その……家のこと」

あぁ、と葵が得心したようにうなずく。栗田は眉の横を指先で軽く掻いた。

「や、俺はひとり暮らしだからいいけど、葵さん、たぶん親とか厳しいだろ？　よく許してくれたなと思って。父親と揉《も》めたりしなかったか？　じつは少し心配でさ」

「それはもちろん大丈夫ですよ」

「お、そうなのか」

意外にも理解のある両親だったらしい。先進的な家庭というか、巨大企業のトップともなれば、既存の価値観に囚われない思考の柔軟さが必須なのだろう。

と、理解した栗田に突如、葵から爆弾発言がさらりと放たれる。

「だって、仲のいい女友達の家に泊まりに行くって言ってきましたから」

「え？」

驚愕《きょうがく》で口が半開きになった。

「……マジで？　大丈夫なのか？」

「どんと来いです」

葵は胸を軽く叩いてみせる。「ばっちこい」

「や、どんどん焼きでも、どすこいでもいいけど。……俺、後で葵さんの両親に暗殺されたりしねえかな」

もちろん真剣な気持ちで付き合っているし、責任は取るつもりだが。

ふいに葵が伏し目がちに、柔らかく微笑む。

「——いいんですよ。うちの親の目は節穴じゃないので。たぶん、わかってると思います」

「そうなのか？」

「ええ。両親がなんとなく察してることくらい、娘のわたしにも察せますから。ああ、見抜かれてるなー。でも、そうか。ここでは追及しないんだなって」

「そう……なんだ」

葵の両親なら洞察力も高いのだろうと思いつつ、栗田は尋ねずにいられない。

「だったら――」

「やだな、栗田さん。わたし、もう大人ですよ？」

葵はかすかに眉を寄せて微笑み、栗田は内心どきっとする。

なぜか普段はあまりそう感じさせないが、葵はユニークで無邪気なだけではなく、美しく魅力的な女性なのだ。

「わたしの方が一歳年上ですし、ほんとはもっと……引っ張っていかなきゃとは思ってるんですけどね。なにぶん彼氏いない歴イコール年齢なもので……。うう、なんか恥ずかしい。でも、少しずつでいいから止まっていた時間を取り戻したいな、と」

「ああ――」

栗田は思い出す。

かつて葵は、ある和菓子職人同士の諍《いさか》いを止めようとして、手に怪我《けが》を負った。そこから生じた悲劇の連鎖で一時的に心を病み、高校卒業後は引きこもりに近い生活を送っていたそうだ。苦難の只中にいた頃の彼女を想像すると、栗田は胸が痛む。だが当時、間近で実際にその光景を見ていた葵の両親はもっと苦しかったはずだ。だからこそ、なのだろうか。それともまったく違うのか。

自分の倍以上の年齢の人間が考えることを想像するのは、正直言って難しい。

「わたしの気持ちをお父様もお母様も尊重して、したいことは後悔しないようになんでもやってみなさいと、いつも後押ししてくれてます。今回はあえてなにも言わないことで、ちゃんと自分の頭で考えた行動をするように促してくれてる気がするんです。前に進むのも立ち止まるのも、最終的にはやっぱり自分次第。だから――」

そこまで言うと葵は口をつぐんだ。

だから？

続きの言葉を栗田は待ったが、葵は長い睫毛《まつげ》を伏せたまま、なにも語らない。

いいさ――と栗田は小さく息を吐いて微笑んだ。

「人にはそれぞれペースがあるんだ。早い遅いより、どこにどう向かうのかが大事だと俺は思う。肩の力を抜いて楽に行こう。自然な流れにまかせてれば、一番いい場所に辿《たど》り着《つ》くさ」

「栗田さん――」

顔を上げた葵の表情は、明るかった。

「そうですよね。せっかくの旅行ですし、肩の力を抜いて楽しみたいですよね！」

「ああ。まだ始まったばかりだしな」

ふたりは打ち解けた優しい笑顔を交わした。

＊

平城京は形としては縦に長い長方形だが、東に〝外京〟と呼ばれる張り出し部分がある。

都を見下ろせる広い台地だ。その場所に藤原不比等《ふじわらのふひと》――平城京遷都を主導した敏腕政治家――が、氏寺である興福寺を建てたのは、もちろん意図的なものだろう。

都を一望する、示威的な高台。

現在そこには県庁などがあり、今もなお奈良の中心地とも言える。

昼食の後、その藤原氏ゆかりの興福寺に向かって栗田と葵はならまちを歩いていた。

ならまちは、興福寺のお膝元として発達した商業地だ。辺りには古い町家が立ち並び、街路は水を打ったように静か。まるで時空の狭間《はざま》にでも迷い込んだような不思議な気分にさせられるが、栗田はひそかに警戒心を張り巡らせていた。

——どういうわけだ？

俺たちは今、誰かにつけられている——。

栗田は危険の気配に敏感だ。最初は気のせいかと思ったが、すばやく振り向くと、遠くで誰かが物陰に身を隠すのが一瞬見えて、ひそかに眉をひそめる。

だが意図不明だった。こんな旅先で尾行される心当たりはない。

物盗《ものと》りだろうか？

確かに葵はお嬢様風の雰囲気だ。だがそれ以上に栗田は自分の容姿が剛健に見えることを知っている。そんな男がすぐそばにいるのに、わざわざ狙うだろうか？

わからないが、次に同じことが起きたら——。

栗田が鋭い目で周囲の様子をうかがっていると、隣の葵がふいに声をあげる。

「あれ？」

「どした、葵さん？」

「あれあれ……？」

前方に目を凝らしつつ、魔法にでもかかったように葵は歩き出す。たちまち細い道に入り込み、そのまま直進していった。不可解な細い背中を栗田は慌てて追う。

「なんだよ。どうしたんだ、葵さん？」

「なんとなく……気になるお店が」

こんなときに、と栗田は内心焦ったが、まもなく葵は足を止める。

瓦屋根と、黒を基調とした木材の壁。町家を改修した古い建物の前だった。

年代物のこぢんまりした紫色の暖簾には、『御菓子司《おんかしつかさ》夢殿《ゆめどの》本店』と書かれている。

「和菓子屋……？」

こんな場所の店をよく見つけたな、と栗田は思う。確かに長年続いていそうな雰囲気で、そういう老舗の和菓子を食べると勉強になることが多い。

ふいに葵が小さくひとりごちた。

「ここに――あったんだ」

葵は暖簾をくぐり、吸い込まれるように中に入る。もちろん栗田も後を追った。

「へえ……」

足を踏み入れると、そこは土間。正面に和菓子が並んだショーケースがあり、奥に作業場が見える。

風格は申し分ないが、かなり寂れた様子の店だった。

フロアの半分以上が、靴を脱いで自由に歩き回れる広い座敷《ざしき》になっていて、そこがイートイン。座卓と座布団がいくつも並んでいるが、今は誰も座っていない。

その座敷の隅にある階段は、なんと丈夫そうな箪笥《たんす》を組み合わせたもので、二階がどうなっているのか非常に興味をそそられるが、ふいに張り詰めた声が響く。

「そこをなんとかお願いします。このままだと……成仏できないのかもしれない！」

――なんだ？

栗田と葵が顔を向けると、ひとりの客が、白衣姿の女性店員に話しかけているところだった。

客はベージュのロングカーディガンを着た三十代くらいのその婦人、一名だけ。

「申し訳ございません、お客様。あれはもう販売を停止していまして……」

「でも、霊が！」

困った顔の店員に、客は奇妙なことを口走って食い下がる。

葵が栗田に耳打ちした。

「なんの話でしょう？」

「さあ……。ひとまず様子を見るか」

話し合う店員と客から少し離れたところで、栗田と葵は事態の推移を見守る。

店内が静かだから、耳を澄まさなくても会話の内容が聞こえてきた。

ロングカーディガンを着た三十代の女性客は成海《なるみ》というらしい。黒目がちで、神経が細かそう。この店の、なにか特別な商品を買いに来たようだ。

だが、わけあって今それは販売停止中――というより、だいぶ前から作っていないらしい。そこをどうにかしてもらえないかと成海は店員に頼んでいた模様だ。

態度に余裕がなく、成海には余程の事情があるものと推測される。

「お願いします。どうか――九年越しの鎮魂のためにも！」

成海がそう言って頭を下げた。

「……わかりました」

やがて店員が溜息をついて続ける。

「でしたら、少々お待ちください。兄に相談してみます。わたしの力ではどうにもなりませんが、今ちょうど連休で帰省中なので」

店員が踵《きびす》を返しかけたそのとき、店の奥から誰かが歩いてきた。

「瑠夏《るか》？　なんだか騒がしいけど、どうしたの」

飄々《ひょうひょう》とした口調でそう言い、不思議な服装の青年が店に顔を出す。

刹那、葵が隣でぎくりと息を呑み、寂れた店内に緊張の空気が走った。

栗田も目を見張る。なぜだかわからないが、直感的に背筋がざわっとした。

――誰だ……？

それはふわりと軽い感じの髪を肩まで伸ばした青年だった。

年齢は二十歳前後だが、栗田よりは小柄。同じ性別とは思えないほど繊細な顔立ちで肌が白く、透明感がある。きれいな切れ長の目を今はおそらく、驚きで大きく見開いていた。

身につけた黒いゆったりした服は、薄い和風のコートを重ねたようなもので、普通の店では売っていそうにない。前衛的なファッションブランドの服――もしくは自作品だろう。ところどころに紫色があしらわれていて高貴な印象を受ける。

青年と葵は、しばらく無言で視線を交錯させていたが――。

「あはー」

艶《あで》やかな青年がそう言って微笑むと、空気が一気に弛緩《しかん》した。

「鳳城葵くんじゃないですか。懐かしいな。本当におひさしぶりです」

肩の力の抜けた挨拶をする彼に、葵も若干ぎこちなく会釈する。

「あ、ええ……。その、こちらこそおひさしぶりです。お元気そうでなにより」

よくわからないが、旧知の仲のようだった。

「葵さん。この人、誰？」

栗田が小声で訊くと、葵が珍しく微妙に口ごもる。

「やー……。えっとですね。いわゆるひとつの、なんと言いましょうか」

──なんだろう、この煮え切らなさ。まさか昔、好きだった相手とか？

一瞬そう思った栗田の胸の中で、もやっとした感情が掻き立てられる。これは別に焼き餅じゃないと思いつつ、栗田は黒目を逸《そ》らして言った。

「言いたくないなら別にいいけど。ほら、あれ。仲良しにも色々あるんだろうし」

「いえ、そういうわけでは。むしろ──」

そのとき、件《くだん》の青年が物怖《ものお》じせずに話しかけてくる。

「ねえ葵くん、こちらの方は？」

「あ、ええ……。浅草の和菓子職人、栗田仁さんです。栗丸堂という老舗の四代目でとても腕がいいんですよ。ちなみに今──付き合ってます」

最後の部分を葵は聞き取れないくらいの小声で言い、隣の栗田も少し顔が火照る。

「ははあ。葵くんの」

彼は正面から栗田をひたと見つめた。

深い透明感のある、冷たくも優しそうな薄茶色の瞳だった。

「……なにか？」

文句でもあるのか、と栗田はつい言いたくなったが、その前に彼が先んじる。

「だったら自己紹介しないといけませんね。――はじめまして」

意外にも、彼は両手の人差し指を自分の頬に向けて、にっこりした。

初見のときは怖いような独特の気配を感じたが、案外とぼけた人らしい。

「僕は上宮暁《うえみやあきら》。この店の主人の孫で、普段は東京の大学に通ってます。葵くんとは同い年ですね。連休で帰省中のこんなときにこんな出会いがあるなんて、偶然って面白い。ちなみにこの子は妹の瑠夏です」

そう言うと彼――上宮暁は白衣の女性店員に片手を向けた。彼女はお辞儀する。

「上宮瑠夏です。生まれも育ちも奈良で、この店で和菓子職人をしてます――って急にこっちに振らないでよ、兄さん」

「振ってほしかったくせに」

上宮がにっこりと話を引き取って続けた。

「ところで栗田さん、あなた背が高いですね。スポーツとかしてます？」

「は？」

栗田は戸惑った。「なにそれ。どういう意味の質問？」

「あ、意味はないです。初対面ですし、なんとなく好奇心が。気分を害しました？」

「いや、別に」

脈絡がなくて驚いただけだよ、と栗田が口にする前に、上宮が朗らかに言う。

「よかった！　僕は昔から背の高い人に憧れがあるんです。せっかくだから他にも教えてください。子供の頃から長身でした？　ご両親も背が高い？　子供の頃の仇名は？　独活《うど》の大木って言葉をどう思います？　小学校の給食に牛乳は出ました？　その頃、友人は大勢いた？　小学生時代の知り合いと今でも会ったりします？」

――なんなんだ。

面倒臭いなと思いつつも、栗田は仏頂面で律儀に答える。

「……別にスポーツはしてねえよ。子供の頃の身長は普通で、中学と高校で妙に伸びた。親父《おやじ》は背が高かったけど、母親は普通。子供の頃の仇名は色々あって、一番気に入らなかったのはクリボー。独活の大木って言葉には、独活にも人間にも失礼って印象しかねえな。小学校の給食に牛乳はよく出た。友達は結構いた方。今でも会うやつもいる」

「わー、すごい。順番通りだ！」

上宮が胸の前で小さく拍手した。「優秀なんですね、ワーキングメモリ」

「……そういうことかよ」

意図を理解した栗田は、髪を無造作に掻き回して言う。

「こんぐらい普通だろ。むしろ秋葉原《あきはばら》で売ってる激安のメモリだよ」

ワーキングメモリとは情報をごく短い期間、一時的に記憶しておく脳の領域や能力のこと。上宮は世間話の体裁を装い、軽くこちらを試したようだ。

「あなた面白い方ですね。ちょっと興味が湧いてきました。――行っちゃおうかな」

唇の端を薄く持ち上げて、上宮がそう言う。

「は？　どこ行く気。もみじ狩りにでも行くなら止めないけど。今のところ、俺はあんたに興味ないから」

栗田はそっけなくそう突き放し、葵に顔を向ける。

「あのさ、葵さん、この人なんなわけ？」

「やー、その、なんでしょうね？　わたしにもよくわからないんですけど、決して悪い人ではないんですよ。だって昔は真剣に和菓子作りに打ち込んでましたから」

「え……？」

和菓子作りに打ち込む者に悪人はいないという話運びはともかく、葵は驚きの言葉を続ける。

「その和菓子に関する才能は関西随一――いえ、それ以上かもと言われていました。

小学生時代の話ですけどね。東西の神童とか周りの大人が持ち上げて、わたしもしょっちゅう比較されたりして」

そんなにすごいやつだったのか、と栗田は驚く。葵は生真面目な顔で続けた。

「西の神童――当時は『和菓子の太子様』って呼ばれてましたっけ」

「はいぃ？　和菓子の……太子様？」

「なにせ特技がありましたから。彼は一度に十個の和菓子を食べて、どこの店のなんという品なのか、すべて言い当てることができたんです」

「……お、おう。そうですか」

どうなのそれ、と栗田の目が半開きになる。

たぶん『和菓子のお嬢様』こと葵と同格の、非常に鋭敏な味覚を持っているということなのだろうが――一度に十個もほおばられても困る。一個ずつ大事に食べろよ。

「わけあって、和菓子の世界からは離れました」

上宮がさっぱりした表情で続けた。

「よく言うでしょう？　二十歳《はたち》すぎれば誰もがただの人って。今は大学で、宗教学を勉強している時間がなによりも心安らぐ。人間、変われば変わるものです」

それについてなにか言えるほど、栗田は彼のことを知っているわけではなかった。

「ま、自分がしたいことをすればいいさ」と告げると、上宮は無言でうなずいた。

「それはそうと」

と、瑠夏がふいに言葉を挟んで会話の主導権を取り戻す。

「あなたがあの鳳城葵さんだったんですね……。お噂は昔、いろんな人からうかがってました。突然で申し訳ないとは思うんですが、これもなにかの巡り合わせ。一緒にこちらのお客さんの相談に乗ってくれませんか？」

「相談？」

まばたきする葵に、瑠夏は微妙に口ごもりながら告げる。

「えっと、その……霊？　みたいなものを鎮めるために、『太子の蘇』を作ってほしいと、ご要望なんです」

＊

御菓子司夢殿本店は、もうすぐ七十の大台に乗る店主の上宮一《はじめ》と、その孫娘の瑠夏のふたりを中心に営まれている。

だが上宮一は今日と明日、得意先の茶道教室に茶菓子を届けに行っていて、不在。

瑠夏の兄の暁は、既に和菓子職人を辞めているため、作業場に立つことはない。というわけで、その日は、ほぼ瑠夏ひとりで店を切り回していたが、急に困ったことになったのは、訪れた客の望みが非常に特異なものだったからだ。

太子の蘇。

かつて上宮暁が実験的に作り出したその甘味品が、どうしても欲しいのだという。

「太子の蘇、ねぇ」

栗田はこめかみを軽く押さえて言った。

「でも、どうしてその品がそんなに欲しいんです？　もう作ってないなら、どうしようもない気もしますが」

流れに巻き込まれて結局、葵と一緒に相談に乗ることになった栗田が言うと、その女性客——成海彩《あや》は「手紙が届いたんです。もういない人から」と答えた。

「もういない人？」

「ええ……」

店の奥の客間だった。畳敷きの和室で座卓を囲み、栗田と葵と上宮兄妹《きょうだい》、そして客の成海は今、それぞれの出方を慎重にうかがいながら話している。

成海は東京出身で、今は京都在住の会社員。デザイン会社で事務の仕事をしているとのことで、もらった名刺にもそう書いてあった。

都会的な女性だが、物憂げで、なにかに怯《おび》えているような雰囲気だ。

「三日前のことです。ポールから手紙が届きました。ポール・ダゲール。学生時代に付き合っていた相手です。父親がフランス人で、母親が日本人。生まれは向こうなんですが、日本文化が大好きらしくて、とくに古寺《こじ》名刹《めいさつ》の類に目がなかった。よく一緒にあちこちへ出かけたものです」

一拍置いて成海は続けた。

「わたしは大学時代デザインを勉強していて……今は無関係な事務職ですけど、当時は創作意欲に燃えてました。いつも大きなカメラを持ってキャンパスを歩いていたんですよ。今思えば、自分を演出していた部分もあるにはあったんですが、それが縁で声をかけられて――」

ちょっといいですか？　ぼくも写真が趣味なんです――。

ある晴れた昼下がり、大学の構内でポールはそう話しかけてきたのだという。

この辺の寺社仏閣でお勧めの場所があったら、ぜひ教えてくれませんか、と。

「軽い気持ちで案内を繰り返すうちに、付き合うようになりました。当時は外国人の彼の考え方が新鮮で――きっと向こうもそうだったんでしょう。いつのまにか自然に交際していました。京都や奈良によく撮影に行きましたよ。とくに彼が好きだったのは東大寺の大仏。あれを見た後、この店の名物商品、『太子の蘇』を食べるのがお気に入りで」

これを味わってると、なんだか古の豪族になった気分さ、とポールはよく上機嫌で成海に語ったのだという。

「……父さんと母さんが生きてた頃か」

瑠夏がぽつりとそう呟き、咳払いした。「あ、すみません。続けてください」

成海がうなずいて再び語り出す。

「当時はある意味、お互いに無邪気な関係でした。でも大学卒業の時期が近づいてきて、ポールがフランスに帰国することになったんです。親の会社が危なくて、どうしてもそばで支えなきゃいけないって。ただ、約束もしてくれました。この危機をしのいだら、必ず日本に戻ってくる。そのときはきみと――」

しかし、残念ながらポールが日本に帰ってくることはなかった。

パリで飲酒運転の車に撥《は》ねられて、交通事故死したのだという。

「――今から九年前の話です」

成海が静かに話を締めくくり、葵が「……ご愁傷様です」と長い睫毛を伏せる。

しんみりした沈黙が客間に満ちるが、やがて上宮が「それで」と先を促した。

「どうして今になって、太子の蘇を？」

「ええ、本題はここからになります」

成海は自分の二の腕を摑《つか》んで長い息を吐き出すと、バッグを開けた。中から封筒と数多くの写真を取り出して、座卓の上に置く。

「これは？」

栗田が訊くと、成海は怯えるように眉を寄せて言った。

「……先週届いたんです。亡くなったはずのポールから」

ぎょっとする栗田たちの前で、成海は写真を座卓の上に広げる。

写真は全部で十数枚。いずれも大学生時代の成海を写したものだった。

顔つきが今よりあどけなく、背後にカレンダーも貼られているから確かだ。部屋の中で、当時流行《はや》った服に身を包んだ大学生の成海が、なにか和菓子に似たものを菓子楊枝で食べている。表情は幸せそう。警戒心のない打ち解けた様子で、物理的にも精神的にも、撮影者との距離の近さを感じさせた。

成海が少し青い顔で語る。

「どれも九年前に撮られたものです。着てる服、部屋の内装とカレンダー、食べている太子の蘇……。なにより撮影した人でわかるんです。これらを撮影したのは九年前のポール。彼以外にありえません！」

「どうやって届いたんですか？」

葵が尋ねると、「普通に郵便受けに入ってました。朝、出勤前にそれを見て、もう、立っていられないくらい驚いて」と成海は答える。

座卓の上の封筒を栗田が手に取ると、宛名も差出人の名前も書かれていない。

「消印もないし、成海さんちの郵便受けに直接入れたんだろうな……誰かは知らねえけど。ん？　封筒の中になんか入ってる」

栗田が封筒をひっくり返すと、折り畳まれた白い紙が出てきた。——手紙？

広げると、紙の中央に『また食べたい』とだけワープロソフトで印字されている。

「なんだこりゃ？」

「その手紙のこともあって相談に来たんです。写真は間違いなくポールが写したものですから」

成海がそう言って続けた。

「ポールしか撮れない——でもわたしは持ってないし、見たこともない写真。いわば存在したはずの過去の一ページであり、かつてポールの目に映ったわたしです。この写真がどこにあったのかは見当もつきませんが、送ってこられたのは事実……。手紙の指示通りにしたら、なにか摑めるんじゃないかと思って。だってあまりにも気になりますし、このままにしてはおけませんから」

「……なるほど」

栗田はうなずく。

写真に写ったポールとの思い出の品、『太子の蘇』とやらと『また食べたい』という内容の手紙——それに自分なりの解決を与えるために来たわけか。

スピリチュアルな考え方の持ち主なのだろうなと思い、栗田は慎重に尋ねる。

「だから霊とか成仏とか言ってたんですね。なんというか、それでポールさんの迷える霊が天に行ける、みたいな？」

「そうですね……。本気で霊を信じてるというよりは、ポールのためにもこの件の真相が知りたいって気持ちが本気——なのかな。不思議すぎて、自分の感情がよくわからないんです。理屈ではありえないことなのはわかるんですけど、理屈を超えた存在が霊なんでしょうし……。やれることは、とりあえずやってみようと思って」

「ん、そういうことですか」

仮に霊だとしたら、九年も経ってからこんなことをするポールの目的はなんなのだろうと栗田は考える。

ともあれ、要望された側の瑠夏は、当然ながら困った顔だった。

「お話はよくわかりました、成海さん。ただ何度も申し上げましたけど、うちの店では今はもう、太子の蘇を作ってないんですよ。手間がかかりますし、そもそも兄しか正式な作り方を知らないので——。ねえ、兄さん？」

「あれは和菓子ではないからね」

上宮が平然と言った。

「そんなの知ってるよ。昔の兄さんが、話題作りのために考えた戦略商品だったんでしょ？　他にも色々作ってたけど、簡単なのはあれだけだったんだよね？　わたしは兄さんと入れ替わりに和菓子の道に入ったから、詳細は知らないけどさ」

そんなふうに言う瑠夏は、黒髪ショートの美人で気が強そう。摑み所のない雰囲気の兄にはあまり似ていない。

「いいじゃない、助けてあげようよ。こんなとき父さんと母さんなら、きっと作ってあげたと思う」

瑠夏がそう言い、成海も心苦しそうに言葉を重ねる。

「なんとかならないでしょうか……？　お願いします。亡きポールが蘇の味を通して、わたしになにかを伝えようとしてる気がするんです」

わずかな沈黙。ややあって上宮が仕方なさそうに溜息をつく。

「――わかりました」

「やったぁ！」

瑠夏が喜びの声をあげ、直後に上宮が菩薩《ぼさつ》のように微笑んで言う。

「そういうことなら、最高の適任者を知ってます。なにせ甘味のすべてを知る美しき令嬢――『和菓子のお嬢様』と呼ばれるくらいですからね。というわけで葵くん、後は頼みました」

「え？」

「是故空中《ぜこくうちゅう》、無色《むしき》、無受想行識《むじゅそうぎょうしき》、無限耳鼻舌身意《むげんにびぜつしんい》、無色声香味触法《むしきしょうこうみそくほう》……。これは一種のゲームだと思ってください。――和をもって貴しとなす」

そう言うや、上宮はひらりと跳躍して座卓を飛び越えた。

あまりにも意外で、声を出す暇もない。仙人のような異様な俊敏さで上宮は客間から逃走し、後には唖然《あぜん》とした顔の栗田たちが残された。

＊

太子の蘇とは、少年時代の上宮暁が、蘇をヒントに作り上げた独自の甘味品。

では蘇とはなんだろう？

それは古代日本で、天皇家の人々や貴族が口にした高級食材だ。

仏典にも記された薬であり、滋養の源であり、美容食品でもあり、不老長寿も期待されたという、当時の庶民にとっては夢のような食べ物である。

とはいえ、正確な製法は失われていて真の姿は不明。今のところ、牛乳を特殊な方法で加工した、独特のチーズのような食品だというのが定説だと瑠夏は説明した。

「そりゃまあ、確かに和菓子じゃねえよな」

小さな鍋の中の牛乳を覗き込んで栗田は呟く。

「つーか、俺はなんだって旅先でこんなことを」

「ほんとに申し訳ありません！」

心底恐縮したふうに頭を下げる瑠夏を、「……まぁ別にいいんだけどよ。やるって決めたのは俺らだし」と栗田は無愛想になだめる。

栗田たちは今、御菓子司夢殿の作業場にいた。清潔で広いが、個々の設備は異様に年季が入っていて、もしかすると栗丸堂より歴史のある店なのかもしれない。

借りた白衣を着た栗田は、葵と瑠夏と成海の三人に見守られながら、もうずいぶん長い間、牛乳をヘラでかき混ぜていた。小さな四つの鍋に入れた牛乳を並行して攪拌《かくはん》している。

「栗田さん、すみません。まさか押しつけられるなんて思わなくて……」

眉尻を下げて言う葵に、「いいさ」と栗田はかぶりを振って続ける。

「あの上宮ってやつはともかく、葵さんが謝ることはねえよ。この人たちを放っておけなかったんだろ？」

「ええ。断ると、気になって観光どころじゃない気がして」

「それは俺も同感」

栗田は口端をにっと上げた。

昔の怪我のせいで葵は右手の動きが鈍く、製菓作業ができない。彼女が困り事の解決を頼まれたのなら、力を貸すのは栗田の中で当然の帰結だ。

成海を助けようとしている瑠夏を助けようとしている葵――。

うまくいけば三人を笑顔にできる。言いたいことは色々あるが、こうなった以上はやってやろうじゃないか。

と、口には出さずに作業を続ける栗田を見ながら、葵は眩《まぶ》しそうに目を細めた。

「――ありがとうございます」

「ん。いいって」

さておき、蘇の作り方は『延喜式』という平安時代の法典に記されていると最初に瑠夏から教わった。それによれば――。

『作蘇之法、乳大一斗煎、得蘇大一升』

大一斗の牛乳を煮つめて、大一升の蘇を得る。一斗は十升だから、つまるところ牛乳を十分の一になるまで加熱濃縮すればいいらしい。

当時の大一升は約七百ミリリットル。その十倍となると七リットル以上の量になるが、それほど多くの牛乳が固形化するまで加熱するには時間が足りないので、今回は小さな鍋を複数使った。そして弱火で丁寧に牛乳をかき混ぜ続けていたのだが。

「実際には牛乳の成分上、十分の一にはできないんですけどね……。加熱だけだと、濃縮率に限界があります。今まで何度やっても、うまくいきませんでしたから」

ふいに瑠夏がそんなことを口にするので、栗田はたじろぐ。

「え、なに？　じゃあ俺が今やってるこれ、無駄？」

「やー、そんなことはないと思いますよ」

葵がすかさず言った。

「今の乳牛――ホルスタインは長い年月をかけて人間に品種改良されたものですからね。古代牛とはミルクの成分が違うんです。含まれる乳固形分が違えば、濃縮率も変わってくるでしょうし、ないものを求めても仕方ないですよ。ここは牛乳を煮つめられるだけ煮つめたものだと、シンプルに解釈していきましょう」

「そっか。わかった」

栗田がうなずくと一拍の間を置いて、

「もっと……語ってもいいですか？」

葵が様子をうかがうような潤んだ目をちらりと栗田に向けて、そう言う。

「あ、もしかして薀蓄《うんちく》？」

栗田が訊くと、葵は恥ずかしそうに首をこくんと縦に振った。

「いいよ、もちろん。こっちも情報が少ないと不安だからな。参考にするためにも、思う存分、好き放題、語っちまってくれ」

「やったー、了解です！　蘇は現代の和菓子の定義にはたぶん当てはまりませんが、興味があって昔、調べたんですよ――」

ぱっとなにかが乗り移ったように葵は語り始めた。

「延喜式は平安時代の法典ですけど、牛乳自体はもっと前から飲まれていました。乳製品の加工もされていたようですよ。日本に初めて医学書を伝えたのは五六二年、呉《ご》の人である智聡《ちそう》だとされていますが、この方の一族とともに多くの仏像や、牛の飼育法、乳製品の効能が記された薬書なども持ち込まれました。この智聡の息子が善那《ぜんな》といいまして、六五〇年ごろに孝徳天皇《こうとくてんのう》に牛乳を献上したということで、歴史上の文献に初めて登場するミルク関係者です。その際、善那は和 薬 使主《やまとのくすしのおみ》の姓と、典薬寮で乳 長 上《ちちのおさのかみ》の職を与えられました。当時の医と食は今以上に深く結びついていたのでしょう――」

古に思いを馳《は》せるように葵はうっとりと瞼を閉じ、その後また、我に返ったように語り出す。

「この時代、もともと中国から伝来したのは蘇ではなく、『酥《そ》』でした。読み方は同じですが、別物なんですねー。仏典では牛乳を精製すると『酪《らく》、生酥《しょうそ》、熟酥《じゅくそ》、醍醐《だいご》』という順番で上質になっていくとされていて、『涅槃《ねはん》経』では修行による成長が、それらに喩《たと》えられていたりします。では、その食べ物の実態はなんなのかといいますと、酪はヨーグルト、酥はチーズ、醍醐はバターオイルに近いものだとされているようですね。醍醐味《だいごみ》という言葉がありますが、言い換えればバターオイル味？　もちろん諸説あるので唯一の正答を定義することはできませんが――」

立て板に水のように葵は語り、栗田は呆気に取られ、瑠夏もぽかんと言葉を失っている。

「さて、そんな素敵なミルク加工食品ですから、やがて朝廷が制度として諸国に献上を義務づけます。そのとき、地方から都までの運搬中、かびが生えたり腐ったりしないように日本人が独自に工夫するわけですね。その結果が『蘇』です。牛乳を十分の一に加熱濃縮して水分を飛ばし、長期保存に耐える硬質の品にする――つまり日本の貢蘇《こうそ》という制度と、蘇の製法は密接に関わっているわけです。ただその制度も、武士の台頭と貴族社会の衰退ですたれていき、やがて消滅してしまいました。時の流れの中で、風の前の塵《ちり》のように――」

切ない……切ないですねー、と葵が呟き、なにやら自分の世界に浸っているところで、はたと栗田は我に返った。

「わかった葵さん！　とりあえず大体わかったから！」

「――はっ？　またわたし、喋りすぎてしまいましたっ？」

「いやまあ、いつも通りではあったけどよ……」

「……やー、それは安心していいのか、よくないものかー」

頭を抱えて体をぷるぷる震わせる葵のおかげで、ともかく大まかには理解できた。

つまり蘇は、古代において腐敗を防ぐため、牛乳の水分含有量を減らしたもの。チーズには発酵させるものとさせないものがあるが、蘇は発酵させない加熱凝固型の古代のチーズの一種だということだ。

ちなみに『蘇』ではない『酥』の方は、発酵の手順を経たものだと葵は考えているらしい。

しばらくすると瑠夏も我に返って、まだ少し呆然《ぼうぜん》としながら呟く。

「す、すごい！　なんというマクロな視野で製法を……。これが噂の――」

「和菓子のお嬢様」

栗田は言った。「や、正直な話、俺もいつも勉強させてもらってんだよ」

瑠夏は困ったような、なんとも言えない苦い笑顔を浮かべて、「うらやましい。こんなの、兄さんはひとつも教えてくれなかったな」と呟いた。

それからしばらくすると、牛乳は淡い赤みを帯び、餅のようにねっとりしてきた。

葵の助言どおり、小さな鍋を複数使ったことで時間が短縮できた。文献の記述のままに何リットルもの量を加熱していたら、膨大な時間がかかったに違いない。

「昔は攪拌機を使ってたんですけどね。兄が和菓子作りをやめたときに勝手に捨ててしまって……」

瑠夏が苦い顔で言う。

確かに毎回、これを手作業でやるのは大変だと思いつつ、栗田は鍋の火を止めた。すっかり水分が飛んでベージュ色の固形物となったそれを、いくつかの型枠に入れて冷蔵庫で冷やす。

「――できた」

しばらくして冷蔵庫を開けると、栗田は完成した蘇を取り出した。

ひんやりと艶やかな、ブロック状の固形物だった。

やや褐色で、見た目はチーズに似ている――というか、チーズの一種だ。

鍋を複数使ったこともあって、全部で四種類ほど作ることができた。

水分を可能な限り飛ばした正式な蘇と、途中で加熱をやめた微妙に柔らかい蘇。

また、前者に砂糖を加えたものと、はちみつを練り込んだもの――。

なんでも平安時代、藤原道長《ふじわらのみちなが》も蘇にはちみつをかけて食べていたという。

その話にあやかったわけではないが、成海が望む品は蘇そのものではなく、あくまでも〝太子の蘇〟。少年時代の上宮暁が作り、この店で販売されていた独自の甘味品だ。和菓子らしくするなら、はちみつか砂糖で甘味を出すのが王道だろう。

それら四種類の品を、綺麗《きれい》に切り分けて皿に盛りつけて、栗田は客間へ運ぶ。

葵と瑠夏と成海も含めた四人で、座卓を囲んだ。

「じゃ、食べてみるか」

「そうですね。いただきます」

成海の言葉を皮切りに、皆が菓子楊枝で、まずは普通の蘇を口に運ぶ。

おお、と栗田は思った。

「これが——蘇ってやつか」

意外な味だった。

牛乳を煮つめただけなのに、確かにチーズだ。しゃりっと柔らかい不思議な食感。発酵させていないから癖がなくて食べやすく、不思議と甘い。砂糖もはちみつも入れていないのに、ほんのり上品な甘味がある。

「そっか。牛乳って、じつはこんなに甘いんだな。濃縮するとスイーツみたいだ」

「んー、飛鳥《あすか》ー」

蘇を口に含んだ葵が、うっとりと品のいい笑顔でそう言った。

「チーズのようで、お菓子のようで、しゃくっとまろやかな優しい味です」

瑠夏が「ほんと、濃厚なのに上品な味わい……」と呟いて続ける。

「驚きました。栗田さんって腕がいいんですね。わたしが作ると、こんなになめらかな口当たりにならない。なんか見た目ぼろっとして、食感もごわごわになっちゃって。でも、これは全然違う！」

「ま、アドバイザーの有無だな。俺の場合、葵さんが間近で見ててくれたから」

栗田は思い出す。

作成中、葵は何度も「火加減が重要ですからねー」と注意を促してくれたのだった。だから焦げつかないように気をつけるのはもちろん、沸騰しないように慎重に温度を調整した。摂氏八十五度から九十度の間――。あとは満遍なく丁寧に全体をかき混ぜ続けるだけだが、機械よりも繊細な仕事をした自信が栗田にはあった。

「やー、栗田さんの抜群の集中力と、粘り強さがすべてでしょう」

葵がさらりと微笑んで賞味を続ける。

水分をあまり飛ばしていない蘇の方は、最初に食べたものより柔らかく、ほっくりしたチーズケーキのような食感だった。

砂糖を混ぜたものは完全にチーズ風味の菓子だ。甘くて香ばしく、それでいて牛乳の優しい余韻がある。

はちみつを使ったものも、甘味が全体にしっとり溶け込んでいて美味しかった。

後者のふたつ――砂糖を混ぜたものと、はちみつを使ったものは、和菓子屋の特製甘味品として販売されていても問題のない味だと栗田は判断した。どちらが正解かはわからないが、どちらも商品としてのレベルには達している。

成海は満足してくれただろうか？

全種類を食べ終わると、成海は菓子楊枝を皿の上にそっと置く。

「ごちそうさま。とても美味しかったです」

「ん。だったら――」

「でも違う」

成海はきっぱり言った。「どれもわたしとポールが好きだった、太子の蘇じゃありません」

なんだと。

いい出来だと思っていたので、栗田は内心ショックを受けたが、冷静に尋ねる。

「……具体的に、どんなふうに違うんですか？」

「なにがどうとは言いにくいんですけど……すべてが少しずつ？　食感はもっとさくさくしてた気がします。甘さも違う。砂糖を使ったものも、はちみつを使ったものも甘味が強すぎるんですよ。もっと淡いまろやかな甘さでした。かといって、なにも入れていない蘇では物足りない。それは確実です。全体的に風味がもっと複雑で、それでいて独特の甘さを持つお菓子だったんですけど――」

「うーん……？」

蘇そのものに、なにか甘味を加える必要があるのはわかる。そして和菓子の甘味の多くは、餡、砂糖、はちみつなどで出している。それらではないとすると――。

正直、栗田には今のところ他に有望なものが思いつかなかった。それは葵も同様のようで、腕組みしながら不思議そうに首を傾けている。

「あ、すみません！　せっかく作って頂いたのに」

成海が慌てて申し訳なさそうに言った。

「いえ、別に……」

しかし、わからない。かつての上宮暁はどんな品を作ったというのだろう？

「皆さんにここまでして頂いて、きっとポールも満足したと思います。太子の蘇には出会えませんでしたが、この優しさは間違いなく天に届いたことでしょう」

成海は頭を下げて言った。

「皆さん、今日は本当にありがとうございました」

店を辞去する彼女を、栗田と葵と瑠夏は神妙な面持ちで見送った。

＊

「成海さんはああ言ってましたけど……よかったんでしょうか」

「やっぱ気になるよな。あれじゃちょっとすっきりしねえよ」

御菓子司夢殿を出た栗田と葵は、近鉄奈良駅でキャリーケースを回収し、宿泊予定のホテルへ歩いていた。

もうすっかり夕方で、古都はオレンジ色の情緒的な光に沈みつつある。

だが風景に見惚《みほ》れる気分でもない。太子の蘇って結局どんなものだったんだ？

いや、そもそも成海のあの奇妙な話はなんだったのだろう？　霊の仕業だとしたら
ポールの目的は達成できたのか？

「成仏？　って、まさかな。仏教徒でもないだろうに」

栗田が気になるのは、やはり誰がなんのために成海にあの写真を送ったのかという

ことだ。写真は現実の物体だし、手紙もある。何者かの意図が存在するのは明白に思えるが――。

だが嫌がらせにしては妙なのだ。写真だけなら気味が悪いかもしれないが、そこに写った思い出の品を『また食べたい』と書かれたら、少し違う印象を受ける。

どうしたって昔の恋人、ポールのことを思い出さずにいられないだろう。

「まぁ、やっぱり関係者なんだろうけど。ポールさんの」

栗田が呟くと、「ポールさんの遺品の中に、成海さんに渡さなかった写真があるというのは、普通に考えられることですしね」と葵がうなずく。

「ん……。だったら家族とか親戚か。あ、もしかすると本人が生きてたとか！　九年も経ってからこんなことしたのは、事故の影響で昏睡《こんすい》状態だったせいで――」

「やー、わたしなら九年ぶりに目覚めたら、こんなことしてないで、すぐに電話かけますけどもー」

「だよな」

栗田はあっさり言った。たぶん自分なら直接会いに行く。

「なにか事情があるんですかね……」

葵が心持ち顔を上に向けた。「本人は成海さんの前に姿を現せない――もしくは成海さんの気持ちを、こういう方法で確かめようとしてるとか」

「回りくどっ！　でもまあ、そういう男も案外いるのかもな」

フランス人は恋愛で物怖じしないイメージがあるが、たぶん思い込みなのだ。

「あの上宮ってやつが、太子の蘇の正式なバージョンを作ってれば、また違う結果になったのかな」

「んー……どうなんでしょうね」

じつは途中でそういう話も持ち上がり、瑠夏が兄に電話をかけたのだ。

だが何度コールしてもつながらない。瑠夏の話では、兄は気まぐれなのに意思が固く、自分がしたくないことは絶対にしない自由人タイプなのだという。

結局上宮は消息不明のままで、これはもう東京に直接帰ったのかもしれないという話になり、諦めたのだった。

「なあ葵さん、あの上宮って……どういうやつ？　和菓子作りの才能あるらしいけど、なんで職人、辞めちまったんだ？」

ためらいがちに栗田が訊くと、葵は困ったように眉尻を下げて微笑んだ。

「やー、詳しいことはほんとに知らないんですよ。子供の頃は業界人の間でなにかと比較されて、たびたび話とかも聞かされましたけど、決して親しかったわけじゃないので。関東と関西で、住んでる土地も離れてますからね」

「ん。そっか」

「ただ、一度だけ」

そこですばやく深呼吸して葵は続けた。

「……一緒に和菓子を作り合ったことがあります。鳳凰堂の京都支店で。小学六年生の頃ですけど」

「え？」

「聖徳の和菓子——」

ふいに葵が不思議な言葉を口走って続けた。

「あのとき……あの人は——」

栗田は思わず話にじっと聞き入るが、続きの言葉はなかなか紡がれなかった。

なんだろう？　葵の沈黙はどこまでも引き延ばされる。オレンジ色の夕陽《ゆうひ》の中で、
彼女の顔のところどころが物憂げな影を帯び、張り詰めたなにかを漂わせていた。

それは栗田には、どこか苦しげに見える。いや、「どこか」なんかじゃない。

「いいよ、別に」

栗田はそっと言った。

「え？」

「無理して言わなくていいってこと。旅先で疲れてるだろうし、そうでなくても今日は色々あったからな。つか、ありすぎた」

「栗田さん」

「ただ……俺も葵さんのこと、もっと知りたいんだ。無理しなくていいから、その気になったときに、ちゃんと話してくれると嬉しい。――頼む」

「……はい！」

葵は眩しげに、夕陽のグラデーションの中に溶けていくような笑顔を見せた。

ややあって、宿泊予定のホテルが見えてくる。古風ながら瀟洒《しょうしゃ》なデザインの建物が緑豊かな敷地の中に静かに佇んでいた。

「あとさ。言うのがちょっと遅れたんだけど――俺たち、つけられてる」

「えっ？」

栗田の言葉に、葵がびくんと華奢《きゃしゃ》な肩を震わせた。

「なんですかそれ。ほんとなんですか、栗田さん？」

「ああ。正確には過去形で、『つけられてた』だな。ならまちの辺りで気づいたんだけど、確実にもっと前から尾行されてた」

「大変じゃないですか。これはもう、今すぐ警察にー」

スマートフォンを持っていない葵が、ぽちぽちと口で言いながら手のひらを指先でつついて電話を促す仕草をするので、つい苦笑して栗田はかぶりを振った。

「大丈夫、スマホをぽちぽちする必要はねえよ。――おい暇人！　服の端が見えてんぞ。隠れてないで出てこい！」

栗田が前方の樹木に向かって叫ぶと、陰から姿を現す者がふたりいる。

「あー、うるさ……。なんかゴライアスオオツノハナムグリみたいなやつに声かけられちゃったよ」

「さすが栗くん。もう少し近くに来てから驚かすつもりだったのにー！」

ったく、と栗田は短く舌打ちする。

ホテル前の木陰で待ち構えていたのは、浅羽《あさば》怜《りょう》と八神《やがみ》由加《ゆか》だった。

ふたりとも浅草のお馴染《なじ》みの仲間で、幼馴染《おさななじみ》だ。言い換えれば腐れ縁である。

浅羽は長めの髪をアッシュグレーに染め、無宗教なのに首からロザリオをさげて、いつもひらひらした派手な服を着ている、非常に端整なルックスの青年。

浅羽製作所という町工場の跡取り息子で、いかにも遊んでいそうに見えるが、女性には妙に紳士だったりして、しばしば栗田の困惑を誘う。

由加は活発そうな顔立ちで、髪を柔らかく巻いた、栗田と同い年の女性。

性格も活発で、子供の頃から時折とんでもないことをやらかしては後で落ち込んでいるが、最近は少し落ち着いてきたようだ。今は雑誌のライターをしている。

「で、おまえらさ。こんなところまで、マジでなにしに来たわけ？」

栗田が仏頂面で尋ねると、

「来ちゃった！」

由加が得意げに答えになっていないことを言い、

「クソ栗田を、待・ち・伏・せ」

浅羽がそう続けて、ぱちんとウインクする。

「……きもっ！」

鳩《はと》の糞《ふん》をかけられたような顔で言う栗田に、浅羽は気怠《けだる》げに手をひらつかせた。

「ほんとはさぁ、もっといいタイミングで合流したかったんだよ。でも、ふたりとも全然あの店から出て来ないし。飽きちゃって」

「それでこっちで待つことにしたの。嬉しいでしょ？　あたしたちに会えて！」

そんな由加の言葉に、葵は脱力した様子で「たはー」と苦笑する。

正直、栗田は笑えなかった。むしろ夕陽に叫びたい。せっかく葵とふたりで泊まる予定が、いつもの豪華メンバーによる、どんちゃん騒ぎになる予感しかしなかった。

*

祇《ぎ》園《おん》精舎《しょうじゃ》の鐘の声……諸行無常の響きあり。

沙羅双樹の花の色……盛者必衰の理《ことわり》をあらわす。

死んだ魚のような目で、栗田は平家物語の一節をぼんやりと暗唱していた。

「ふふ」

そんな栗田に、気怠い笑みを浮かべて浅羽が言う。

「なーに呆然としてんだよ、栗田。俺と過ごすのがそんなに嬉しい？」

黄昏《たそが》れていた栗田が、むっと我に返る。

「……うるせえな。なにが悲しくて、おまえと同じ部屋で寝なきゃならねえんだよ」

「いいじゃん。その方が旅行の話をみんなに聞かせるとき、ウケるし」

「ウケたくねえよ！　つか、話のネタにすんなよ」

栗田と浅羽はホテルの部屋で、限りなく不毛な会話を交わしていた。

豪華なベッドがふたつ並ぶ、デラックスツインルームだ。

隣の部屋では、たぶん葵と由加が似たような会話をしているはず——いや、意外と仲良く女子トークを繰り広げているのかもしれないが。

いきさつは明快で、先程ホテルに着いた栗田と葵と浅羽と由加は、チェックインを済ませた後、館内のレストランで揃って食事をした。そのとき聞いた話によると、もともと栗田に宿泊券を贈ろうと言い出したのは浅羽らしい。

最近落ち込んでいる友人を励ましたいという友情の表れ——。

その際、葵とふたりきりにするのもどうかと思い、由加も含めて、全部で四人分のチケットをマスターに都合してもらった。そして現地で合流して驚かせようとしたのだという。

浅羽は「それだけおまえのことが……心配でさ」と切ない声で訴え、皆をほろりとさせた。口が達者な男なのだ。抑制のきいた熱弁で皆が感動させられ、いつのまにか栗田は浅羽と、葵は由加と同室で寝ることになったのだった。

納得いかない。

——でもまぁ、がっかりはしたけど、ある意味よかったのかな。

栗田はベッドに腰掛けて深呼吸した。

今日一日過ごして改めて感じたが、葵はやはり自分にとって特別な人。今後も少しずつ大事に距離を縮めていきたい。というふうに栗田が思うことを、付き合いの長い浅羽は最初から見抜いていたのかもしれない。

——考えすぎかな？

窓辺に立つ浅羽の繊細な横顔を、栗田は苦笑まじりに眺める。

すると彼が視線に気づき、皮肉っぽく唇の片端を上げて、栗田に顔を向けた。

「あぁ？　なに。そんなに熱い視線向けて。夜は長いんだからさ。がっつくなよ」

「うるせ。その減らず口を閉じてろ。息も止めてろ。そんで朝まで気を失ってろ」

「こっわ。栗田ってマジ、バーバリアン」

浅羽は面倒臭そうに嘆息して肩をすくめた。

夜の九時過ぎ。ホテルの部屋で入浴を済ませた栗田が浴室を出ると、ベッドの上で浅羽が服を着たまま、すうすう居眠りしていた。

「……なにが夜は長いだよ。アホかこいつは」

慣れない尾行なんかして疲れていたのだろう。

仕方ないやつ、と思いながらも、せっかく気持ちよさそうに寝ている彼を起こすのも気が引けて、栗田はひとり静かにホテルの部屋を出た。

所在なく廊下をぶらついていると、向こうから歩いてきた葵にばったり会う。

「あ、栗田さん」

「おう、葵さん。どうよ由加とは。うまくやってる？」

「はいー、それはもう。さっきまで波瀾万丈《はらんばんじょう》の恋バナをしまくってましたから」

その話の内容が非常に気になったが、「お、おう。よかったな」と栗田は表面的には冷静に答えた。

「ところで栗田さん、小腹が空きません？」

「え？」

葵は人差し指をぴょこんと立てて、悪戯っぽく微笑んだ。

「よかったら、外にラーメン食べに行きましょうよ。ホテルに来る途中、美味しそうなお店に目をつけておいたんです！」

夕食は結構な量だったのだが――和菓子のお嬢様は健啖家《けんたんか》なのだ。

栗田と葵がホテルを出ると、辺りが真っ暗で少し驚く。東京と違い、この辺の飲食店は早めに閉まってしまうのだろうか。人もあまり出歩いていなかった。

「まさに夜って感じですね。深くて濃くて……」

「ん。飛鳥時代とか奈良時代は、もっと夜闇が濃密だったんだろうな」

「確かに。考えてみれば、わたしたちが妄想する古代のロマンって、古代の畏《おそ》れと表裏一体なのかも――」

ふいに葵が口を閉ざして静かになる。夜の闇が怖くなったのだろうか？

「心配すんな。今は俺がついてるし、大丈夫だよ」

すると葵が、ぱっと嬉しそうに栗田に顔を向ける。

「やー、百人力ですよ。栗田さんは現代浅草の豪族ですからね！」

「褒められた……のか？」

さておき、葵が案内してくれたラーメン店には、幸いにも明かりが灯《とも》っていた。

中に入ると客はおらず、店長は店じまいしようとしていたが、栗田たちの姿を見て今夜最後の注文をとる。

じつは栗田より豪族の気質があるのか、葵はこってりラーメンの大盛りを注文した。

大丈夫かよ、と思いながら、半分やけで栗田もそれを頼む。

しばらくすると、大きな器に入った熱々のラーメンが運ばれてきた。

「わぁー！」

「うお、マジですか……」

それは予想以上に大盛りで、いかにも濃厚なラーメンだった。

コーンポタージュに似た色のスープに、太めの麺が不敵に沈んでいる。鮮烈な緑色のねぎが、薄切りの巨大なチャーシューとともに、たっぷり盛られていた。

「いただきまーす」

葵は両手を合わせると、レンゲと箸を持ち、無邪気な笑顔で食べ始める。

「んー、美味しっ！　スープが濃くてしょっぱくて、部活やってる十代の男子が好きそうな味！　麺の噛《か》み心地《ごこち》もぷりぷりですよ。わたしの空腹も弾むように癒《いや》されていきます。超こってりんぐー」

「食レポ？」

栗田はつい笑った。というか空腹だったのか。

葵は花のように華奢な体型だから、食べたものがどこへ消えているのか栗田は時々本気で不思議に思う。味覚と同様、胃のサイズもやはり特別なのかもしれない。

ともあれ、葵の隣で栗田もラーメンを勢いよく食べ始めた。

「ふう、ふう……。うん、最初はどうかと思ったけど、その気になれば全然いけるじゃねえか。このラーメン、旨いな！」

「ちょっと癖になりそうな味ですねー」

「汁とか出てきた。体が熱い」

「夜中のラーメンってなんかこう、食べてるーって感覚になりますよね。いうなれば野生の本能の覚醒？　古代人の皆さんも食事のときはこうだったのでしょう。食べ物に感謝と畏敬の念を抱きつつも、己の荒ぶる生命力を全開にして――」

「……ちょっと想像力、たくましすぎねえ？」

栗田がそう口にした瞬間、急に葵の箸の動きがぴたりと止まる。

「ん。どうした、葵さん？」

「そうか――」

葵が美しい目を見開き、「わかりました」と言った。

「古代人の味覚……そこにヒントがあったんです。えっと、栗田さん。今日、瑠夏さんと成海さんの名刺をもらいましたよね？　電話して、明日もう一度だけ会う機会を作りましょう。今度こそ、太子の蘇をご馳走《ちそう》してあげられると思います！」

葵の中で、なにがどうつながったのか？　今のところ想像もつかなかった。

*

成海彩が、ならまちの御菓子司夢殿に到着すると、そこには既に昨日の顔ぶれが待っていた。

この店の和菓子職人の上宮瑠夏と、東京から来た栗田仁と鳳城葵。

また、今日も外出している店主の上宮一と、孫の上宮暁の姿はないが、代わりに初対面の人物がふたり加わっている。

垢抜《あかぬ》けた雰囲気の若い女性と、目立つ派手な服を着た美青年だ。

「はじめまして。わたし、東京でグルメ雑誌のライターをしている八神由加です」

「同じく東京から来た浅羽怜です。今は大学で機械工学を勉強中。金属の加工や機械のことでお困りの際は、ぜひ浅羽製作所にご相談ください」

「は、はあ……。どうぞよろしく」

成海は戸惑い気味にうなずく。予想以上のおおごとになってしまったな、と申し訳なく思いながら。

そもそも昨日の時点で、成海は皆に頭が上がらないのだ。

既に販売していない甘味品を所望する時点で、本来は無茶。瑠夏は無論のこと、その兄の上宮暁には逃げられてしまい、もう諦めるしかないと思っていたところ、栗田と葵という二人組が親切にも作成を買って出てくれた。

浅草の人は、人情深いとよく言う。

でも、それは単なるイメージで、現実はまた違うのだろうと成海は思っていた。

浅はかだった。

全員ではないかもしれない。だがこんなふうに人を助けてくれる者も確かに存在するのだ。なんの見返りもないのに時間と労力を使って――。

果たして自分にそんなことができるだろうか？

素直にすごい。そう思い、成海はなんだか少し後ろめたくなったものである。

太子の蘇こそ再現できなかったが、あの栗田という職人の技術と、葵という女性の製菓の知識は、あきらかに普通ではなかった。若いが、相応の修羅場をくぐってきた人たちなのだろう。

そんなふたりが、今日また成海にご馳走してくれるのだという。

ポールとの思い出の品、太子の蘇を――。

朝、その旨の電話をもらった成海は驚き、恐縮し、そして内心興奮しながら、ならまちに再び足を運んだ。そして今、それが出されるのを待っているのだった。

今日は店を閉めているということで、成海は広い座敷の座卓についていた。成海の対面には瑠夏が、隣の座卓には浅羽と由加がいる。

「お待たせしました」

やがて作業場から、栗田と葵が盆を運んできた。

盆の皿の上には、昨日のものより少し濃い茶色の蘇がある。

「これは……？」

「昨日の夜、葵さんが気づいたんだ。たぶん、これが太子の蘇です」

そう言って、栗田が成海の前に皿をことりと置いた。葵が笑顔で促す。

「どうぞー、成海さん。遠慮なく召し上がってください」

「……はい」

静かに喉を鳴らし、成海はおそるおそる菓子楊枝をつまんだ。古代のチーズ、蘇を小さく切って欠片《かけら》を口へ運ぶ。

成海が歯を立てた瞬間、さくっと気持ちのいい食感があった。

ふわりと広がる、まろやかなミルクの甘味。続いて濃厚なチーズの風味。固かった蘇が柔らかくほどけていき、香ばしくも、ねっとりとした風合いが口中に行き渡る。

甘い――。

甘いのに、不思議とナチュラルな感覚。ミルクの甘味だけじゃない。

それはこっくりした、深まりゆく季節を連想させる、香ばしい甘さだった。行ったこともない古代飛鳥の世界が、今なぜかとても身近に感じられる。

――なにこれ。

否、なにこれじゃない。

これこそが、わたしたちの思い出の味――。

「栗田さん、葵さん、これです！　まさにこれが昔食べた、太子の蘇です！」

「ええ、わかってました」

栗田が不敵に微笑むので、成海は驚愕した。

なぜ？　どうして実物の太子の蘇を食べたことのない東京の和菓子職人が、同じものを再現できるんだ？　衝動のままに身を乗り出して、成海は尋ねる。

「美味しいです……ほんとにすごく美味しい！　でもこれ、昨日となにが違うんですかっ？」

「今日の蘇には、砂糖もはちみつも使ってないんですよ」

「でも、香ばしい甘味がしっかり――」

　栗田が横の葵に顔を向けると、彼女が人差し指を立てて答えた。

「水菓子を使いました」

「……水菓子？」

「果物のことです。それが菓子の起源ですからね。古代の日本人は木の実や果物から甘味を摂取してました。上宮さんが作ったオリジナル商品——太子の蘇が、実際の蘇に触発されて作られたものなら、意識してる可能性もあるなーと気づきまして」

「ま、古の味覚です」

　栗田がそう付け足して続ける。

「なんでも昨日の夜、古代人に思いを馳せてるときに気づいたらしい。正直、あのときは何事かと思ったけど」

　お騒がせしました、と葵が照れ笑いして言葉を引き取る。

「砂糖は奈良時代に日本に伝わったという説があります。でも牛乳の伝来はもっと前。六五〇年に善那が孝徳天皇に牛乳を献上しましたけど、それ以前に善那の父親、智聡が乳製品について書かれた薬書を持ち込んでるんです。だったら遊び心が豊富な上宮さんはその史実を踏まえて、より古代的なもので太子の蘇の甘味を出したのかも……。となると、やはり水菓子でしょうと考えを進めて、蘇と似た色と風味の果物をリストアップしました。苺《いちご》や葡萄《ぶどう》を使ったら、色合いが別物になってしまいますからね」

栗田と葵は今日、成海が来店する前に、様々な果物で試作品を作ったのだという。りんご、みかん、さくらんぼ、柿、栗――。それらを蘇に混ぜたものを何種類か作成し、先に瑠夏に食べさせて、どれが本物か味を確認しておいたのだそうだ。

「だからわかってた。ま、一種のおもてなしの心です」

そう言って栗田が続ける。

「成海さんが今食べてるのは、煮つめた蘇がまだ柔らかい状態のときに、細かく刻んだ栗と、柿のペーストを混ぜたものです。少量ですけどね。ただ、果物は意外と糖分が豊富だし、牛乳自体の甘味を消さないくらいが、ちょうどいいと思って」

ああ――そういうことだったのか、と成海は得心した。

「……ありがとう」

菓子楊枝を置くと、膝の上に手を載せて成海は頭を下げる。

「嬉しい。今日は本当に幸せな日です。栗田さんと葵さんのおかげで、念願の懐かしい蘇を食べられました。これできっと天国のポールも満足するでしょう……」

栗田と葵が顔を綻ばせる。

「皆さん……このたびは、どうもありがとうございました！」

若干の罪悪感を抱えながら成海がそう言い終えたのと、調子外れの声が飛び込んできたのは、ほぼ同時だった。

「お芝居は終わりました？　ならゲームも終わりですね。ご本人も到着しました」

そう言って店に入ってきたのは、雲隠れしていた上宮暁だった。後ろに長身の外国人男性を連れている。

「ごめん。ばれちゃったよ……」

上宮の背後で、外国人の男性が謝った。その顔を見た成海は驚きの声をあげる。

「ポール！」

「は？　ポールって……天国の？」

栗田が眉間に深い皺《しわ》を刻んで、そう呟いた。

＊

なにがどうなっているのだろう？

上宮瑠夏だけではなく、その場の大半の者の顔にそう書かれていた。

兄の暁が、皆に語った話によれば、こうである。

「じつは最初から漠然と感じてたんです。この成海さんって人、嘘を吐《つ》いてるなって。というのも霊とか成仏とか言って、最初は妙に怯えた態度でした。心霊関係が苦手なのかな？　とも思いましたが、死んだ人のために蘇を作らせようとしたり、送られてきた写真も幸福感が滲《にじ》み出《で》るものだったりして、妙にちぐはぐ。なんのことはない。成海さんはただ、疚《やま》しくて不安だっただけなんです」

人を騙《だま》すのは本来は本能に逆らうことで、それは怖い——こんな大がかりな嘘なら尚更《なおさら》です、と兄は言った。

「というわけで、僕は成海さんを調べてみることにしました。真実を知るには本人の家に行って確認するのが一番わかりやすい。昨日、途中で席を外したのは逃げたわけじゃなく、潜伏です。外に隠れて様子をうかがい、成海さんの帰宅に合わせて、こっそり家までついていきました。すると成海さんは外国人の男性と同居してることがわかって——その人が結婚相手のポールさんだったわけです」

うんうんと柔和に兄がうなずき、そういうことかと瑠夏は思った。

栗田が渋面でぼやく。

「……ポールさんは死んでなかったし、それどころか成海さんと夫婦だったと」

「ええ」

「で？」栗田が兄に先を促す。

「で、今日は電話して、ポールさんをここに呼びました。来ないと警察に色々なことを相談しちゃいますよって。やっぱり会社に連絡されたら大変でしょうしね」

我が兄ながら、敵に回したらこんなに厄介な人はいないだろうなと瑠夏は思った。兄は降りかかる火の粉を時折、無駄に力いっぱい振り払うようなところがある。

「ったく……」

栗田が渋面で後頭部を掻いた。「人の親切を弄びやがって。成海さん、ポールさん。さっさと本当のことを話してくれます？」

成海もポールも今は座敷に正座して青ざめている。成海が弱々しく言った。

「ごめんなさい、栗田さん……皆さん。確かにわたしは嘘を吐いてました。でも誤解しないでください。決して悪意があったわけじゃなくて——」

ふいに隣の座卓の浅羽が気怠げに、「感じワリー」と鼻で笑う。

「悪意とか、そういうのどうでもいいよ。結果的に思いきり迷惑かけてんじゃん。楽しい旅行中の栗田と葵さんにさ」

「……そうですね」

成海が俯《うつむ》いて浅羽の発言を認め、それをかばうようにポールが口を開く。

「彼女は悪くありません！　ただ、ぼくに頼まれて芝居をしただけなんだ」

「はぁ？」

「今回の件は、全部ぼくの考えたシナリオなんです！」

　ポールは黒髪をサイドに流した、顔の彫りが深い男性。落ち着いていれば魅力的に見えるが、平常心を失っている今は、なんだか危険な雰囲気が漂っている。

　それに刺激されたのか、浅羽が整った顔に冷ややかな怒りを滲ませて言った。

「ダサッ。なにそれ、かばったつもり？　奥さんにそんな芝居させる時点で、そもそも最悪なんだよ」

「そーよそーよ！」由加も憤慨している。

「俺のダチに、頭下げて謝ってくれる？」

「そーよそーよ！」

　浅羽も由加も友人のために怒り心頭。栗田はおそらく葵のために震え上がるような鋭い視線をポールに注いでいる。彼はすっかり顔面蒼白《そうはく》だった。

　やがてポールが畳に手をついて土下座しようとしたとき、ふいに葵が口を開く。

「――そんなに彼だけを責めるのは可哀想《かわいそう》ですよ。考えたくて考えたシナリオじゃないんでしょうから」

えっと皆が驚いて目を見張った。ポールも成海も絶句する中、葵が静かに続ける。

「考えるようにポールさんに頼んだ……。そんな感じ？」

葵にそう言われて、瑠夏は目を剝《む》いた。

――こっちが来たか。

驚きと、それとは違うなにかの感情で、かっと体が熱くなる。

これは兄の暁にされるべきことだと思っていたのに――。

葵が強く利発そうな眼差《まなざ》しを、じっと瑠夏に向けてくる。

「……なぜ？」

瑠夏がそれだけ言うと、葵はすぐに答えた。

「ポールさんと成海さんが結託していて、目的は結局のところ『太子の蘇の正式なレシピを知りたい』……。だったら、ここに動機のある人はひとりしかいません」

瑠夏はぎりっと歯嚙《はが》みする。

こんなはずじゃなかった。大体、兄さんが素直にレシピを教えてくれれば、それで済んだ話なのに――。

だが、こうなってはもうだめだ。瑠夏は観念して打ち明ける。

「そうよ。今回の計画を考えるようにポールに頼んだのは……わたし」

栗田も浅羽も由加も啞然として言葉を失い、兄の暁は菩薩のように微笑んだ。

嵐の後のような沈黙が降りる。

瑠夏は静かに思いきり深呼吸すると、絞り出すように声を出した。

「……店をどうにかしたかったの」

「店」と葵が呟く。

「だって今のままじゃいつまで続くかわからないもの。奈良屈指の老舗なんて言っても、お客さんが来てくれなきゃそれまで。一握りの馴染み客を除けば、いつも閑古鳥が鳴いてるんだから……」

瑠夏は下唇を嚙み締めて思い出す。

この店――御菓子司夢殿は、かつては誰もが知る一流和菓子店だった。

祖父は今も酒に酔うたび、遠い目で瑠夏にそう語る。最盛期は鳳凰堂にも匹敵すると言われていたらしい。無論その頃、葵はまだ生まれてもいなかっただろうが。

でも今では比較対象にもならず、鳳凰堂とは大きく水をあけられた形だ。

明暗を分けたのは、工場の導入。

祖父も曾祖父《そうそふ》も、菓子を一品一品、手作りする方針にこだわったのだ。

対して鳳凰堂は時代の流れに合わせ、看板商品の羊羹《ようかん》や水羊羹を工場で量産できるように研究を重ねた。

最初のうち、白眼視されていたのは鳳凰堂の方だった。

だがやがて趨勢《すうせい》が変わる。鳳凰堂のやり方は徐々に受け入れられていき、逆にこの店は時代の流れに取り残された。年老いた職人はひとり、またひとりと引退し、売上も減少して、そうなると若い職人も働きに来てくれない。

こうして御菓子司夢殿は、知る人ぞ知る忘れられた老舗に成り下がったのだった。

和菓子の神童の誉れ高い暁が、そんな状況を打破してくれることを上宮家の人々は期待した。実際、そんな未来もあり得たのかもしれない。

だが兄は、いつからか製菓の世界から距離を取るようになった。

たぶん両親の死が引き金になったのだと思われるが――真意はわからない。とにかく今では完全に身を引いている。

そして代わりに和菓子を作るようになった瑠夏には、間違いなく兄ほどの才覚はないのだった。

最近は不況の影響か、以前にも増して店の売上は厳しい。まるで沈みゆく船に乗っている気分。せめて新商品のひとつでも打ち出さないことには――。

そう思ったとき、瑠夏は閃《ひらめ》いたのだ。

昔この店の特殊な甘味品として販売していた、太子の蘇をまた売り出そう。あれは材料費が安いわりに、売れ行きも話題性も申し分なかった——ように記憶している。だが正式な製法は、発案者である兄しか知らない。そして兄は「作り方？　もう忘れた」なんて飄々とうそぶくだけ。気まぐれなのに強情な人なのだ。

だから、今回の計画を企てた。

いくら兄でも、ここまで大がかりで不思議な事件に無理やり巻き込めば、断れないだろう——。

だが兄はそれを軽々とかわしてのける。

兄妹故の直感なのか？　今にして思えば、逃走前の『これは一種のゲームだと思ってください』という発言からも、瑠夏の意図を見抜いていたことは明白だ。

あのとき唱えていたのは般若心経《はんにゃしんぎょう》。実体のない様々なものに惑わされない——今さらだが、そんなニュアンスで口にしたのだと思う。

ともかく、こうして瑠夏は兄ではなく、栗田と葵を巻き込んでしまったのだった。

「——わたしは太子の蘇の正式なレシピを知りたかった……。ええ、そうよ。そのために成海夫妻に演じてもらったの」

瑠夏が低くうめくと、「黙ってるつもりだったけど、もういいんだね？」とポールが言い、ひとつ溜息を挟んで語り出す。

「先日のことだ。物置を整理してたら、古い本に写真が挟まってるのを見つけてね。写ってたのは太子の蘇。昔ふたりでよく食べたよなって、妻と思い出に浸ったよ。そして無性に懐かしくなった。だから、ちょっとしたサプライズの贈り物をするために、週末ひとりでここに買いに来たんだ――」

ポールは続けた。

「でも店に来たら、もう売ってないって瑠夏さんが言う。本当に残念だったね。ところが驚かされたのは、その後だ。がっかりしたぼくが店の外を歩いてると、急に瑠夏さんが追いかけてくるじゃないか。そして今回の話を持ちかけた。内容はなんでもいい。そちらにまかせるし、合わせるから、一芝居打ってくれないかって」

力なくうなずいて瑠夏は言う。

「なんというか、衝動ね。ああ……この人、太子の蘇を覚えててくれたんだと思ったら、ふと天啓に感じられたの。絶好の機会なんじゃないかって」

「瑠夏さんの頼み方があまりにも必死で、切羽詰まってたから――つい協力を約束してしまったんだ。妻に相談して、何度も打ち合わせして計画に及んだ。瑠夏さんのお兄さんが帰省するタイミングに合わせて」

と、そんなふうにポールが話を締めくくった。

「……やれやれやれ」

やがて兄の暁が呆れたようにそう嘆息すると、薄茶色の瞳を瑠夏に向ける。

「だからって、よくもまあ、こんなに人騒がせなことを。今さらあれを売り出したって、なにも変わらない。それくらい洞察できてもいいだろうに」

――できないよ……。

瑠夏は心の中で呟く。

自分に兄のような感性はない。未来がどう転ぶかなんて、推し量るのは無理だ。

持っている人間に、持たざる者の気持ちがわからないように――。

ふいに瑠夏の口から、水滴のようにぽつりと言葉がこぼれる。

「兄さん」

「うん？」

「兄さんの――今の夢ってなに？」

「瑠夏……？」

兄が珍しく戸惑った顔をした。「僕は別に――」

「ううん、いい。なんであれ、兄さんならできるよ。別に和菓子じゃなくたって、兄さんなら大抵のことは実現できる」

でも――。わたしは違う。

そう思い、瑠夏は歯を食いしばった。

自分は兄を超える和菓子職人にはなれない。この先どれだけ努力しても憧れる場所に辿り着けないことが、実感としてわかっている。

なんというか、違うのだ。それは目に見えないし、言葉でも表現できないが、選ばれた人間は必ず持っていて、決定的に結果を左右する。そして自分にはそれがない。

その非常に繊細な隔たりを実感できる程度には、瑠夏には優れた才能がある。

だからこそ今、冷え冷えと悲しい。

ああ――。

わからなければ。

わからなければ幸せだったのに。そして、ずっと続けていられればよかったのに。

いつか和菓子の世界で兄と同等の存在になるという夢を、いつまでも幸福に追っていられたら――。

気づけば目から涙が溢《あふ》れていた。

「わたしには……ないんだよ。叶《かな》う夢がないの。そういう人の気持ちって、兄さんにはわからないでしょ？　世の中にはね、夢を叶えたくても叶えられない人がいっぱいいる。夢は尊いものだけど、実現させるのは本当は難しいの。そういう部分を兄さんは最初から飛び越えちゃってる。その姿をわたしは間近でずっと見てきた。それはすごく――苦しいことなの！」

わたしだって、と瑠夏は思う。

和菓子の神童と呼ばれたかった。皆が驚く斬新な甘味品を発明したかった。

それを食べた人に心から美味しいと思ってほしいし、成海とポールのようにいつまでも覚えていてほしかった。

和菓子職人で、それらを夢に見ない者がどこにいるだろう？

「それが――本当の動機か」

いつも余裕に満ちた兄が少し寂しそうに呟く。

「……わたしじゃだめなんだよ。この店は」

瑠夏は本心をさらけ出した。

「兄さん、店に戻ってきて。また和菓子、作ってよ。わたし――夢を見たい！」

兄が悲痛に顔をゆがめる。そんな姿は今まで数えるほどしか見たことがなかった。

「わからなかった――」

兄が両の瞼を閉じて唇を引き結んだ。

「ごめん、瑠夏。本当にわからなかったんだ。近しい人だからこそ、逆に本心が見えていなかった」

「だったら」

「でも——許してくれ」

僕の心は、今はもう別な場所にあるんだ、と兄は言った。

「……兄さん」

「諦めてくれ。やりたいことが、もう本当に違うんだよ」

そこにはきっぱりした自然な意思が感じられ、瑠夏は「……そっか」と呟くことしかできなかった。兄が将来この店に戻ってくる気がないことをはっきりと理解する。

わかった以上、目的は遂げられた——。もういい。瑠夏は自分に言い聞かせる。

これでいい。

諦めるのは悲しいことじゃない。自分には、きっと別な新しい未来がある。

それは案外、最初に望んでいたものよりも素晴らしい将来かもしれない。

でもなぜだろう。

今、ただ頬を涙が伝う。

涙が――。

長い無言の時間が流れる。誰も言葉を発することができない。

なにもかも、どうしようもないような沈黙を破って遠慮がちに口を開いたのは、東京から来た和菓子職人の栗田だった。

「あのさ」

「……なんですか」

「部外者が口を出すのは筋違いかもしれないけど……一応、関わったわけだし、言わせてくれ。再現できた太子の蘇、あれ、売ってみればいいと思う」

「え？」

瑠夏は虚をつかれた。「でも、兄さんは失敗するって――」

「本当に？　仮にそのとおりになったとして、なんで失敗しちゃいけないんだ？」

栗田が精悍《せいかん》な表情で言い、その目の光の強さに瑠夏はつい見入った。

「失敗したら改良すればいい。工夫して、もっといい品にすればいい。そりゃ瑠夏さんの夢は、兄貴と店を繁盛させることなんだろうけどよ。無理なら、相手が戻ってきたくなるくらい、面白い店にしていかねえ？　少しずつでいいからさ」

「やー、なかなか大変なことですよね。でも、わたしもそう思います」

隣の葵がおだやかに口添えした。

「瑠夏さんの気持ちは、わかるつもりです。わたしも昔、だいぶ夢とか失った方なので。ただ、夢って自分で作っていくものでもあると思うんですよ。既存の夢の形をなぞるんじゃなく、自ら見出《みいだ》したものを育てて夢にしていく。そういう部分もあるんじゃないでしょうか？」

「太子の蘇じゃなくてさ、新しい、瑠夏さん自身の蘇を探すんだよ。それが今はまだない、すごい夢に成長するかもしれねえ」

栗田のその言葉に、はっと目から鱗《うろこ》が落ちた気がした。

「そっ……か」

大事なものを喪失したことがある者は、なにも自分だけではなかったのだ。同じ立場の大勢の人々が生き続けて、今もなにかを模索している。動き続けている。

それが葵のように、傍目《はため》には優雅で楽しげで軽やかに見えることもあるのだろう。

少し元気が湧いてきて、瑠夏は言い直す。

「うん……ほんと、そうですよね」

頑張ろうと思い、瑠夏は指で涙を拭う。

やがて兄が静かにこぼした。

「――葵くんたちが言うことにも一理あるのかな」

「え？」

「ペースが狂うというか……。なんだか僕もよくわからなくなってきたよ」

兄が腕組みしながら困ったような表情で続ける。

「まぁ、太子の蘇をまた売るなら、もう少しだけ改良してほしいかな。じつは昔から牛乳の成分が地味に気になってて……。やっぱり古代牛とホルスタインは違うからね。決して完璧主義ではないけど、違うものは違うし、だからまた世に出すのはなんとなく嫌だったんだ。でも今、山口県《やまぐちけん》に知り合いがいて、在来牛の繁殖を手がけてる。ある意味、古代牛の末裔《まつえい》だよ。その牛乳を使ってみるのも、たぶん面白い」

「兄さん……？」

「仲介するくらいなら協力してもいいよ。後は自分で頑張って」

思わぬ兄の言葉に瑠夏は一瞬放心し、まもなく胸に大輪の喜びの花が咲く。

――よかった。

胸の底から、その思いがとめどなく込み上げる。本当によかった――。

栗田と葵の言葉を忘れずに心に留《とど》めておこう。たとえ躓《つまず》いても、また歩き出せばいい。再び落ち込むことがあっても、信じて前に進み続けたい。

そうすれば、いつか自分では想像もできない、夢のような場所を見つけられるかもしれないから。

「ありがとう……皆さん、本当にありがとうございました！」

瑠夏は涙を拭い去って笑顔を浮かべ、それを喜ぶように兄も優しく目を細めた。

わらび餅

【問題】

一・わらび餅は水と砂糖と「　　　」から作られている。

二・わらび餅という菓子の名を忘れた男が主役の狂言を「　　　」という。

三・その狂言の中で、「　　　」天皇はわらび餅に「　　　」の位を与えた。

多くの鹿が芝生で戯れる、ほのぼのとした光景の中を、栗田と葵と浅羽と由加は歩いていた。

奈良《なら》国立博物館《こくりつはくぶつかん》へ行く途中だった。

浅羽は今回の旅行のために買ったというミラーレス一眼カメラで盛んに動画を撮っているが、レンズを向けられているのは鹿ではない。

「いいよー、はい笑ってー。可愛いよー」

被写体は葵でも由加でもなかった。

「今度は少し体ひねって、こっちに視線くれる？　あーいいねー。きれいだよー」

撮影に耐えきれなくなった栗田は鼻に皺を寄せて言う。

「……うるせえよ。いいねいいねじゃねえよ。そういうのはＳＮＳで推しのアイドルの投稿とかに連発すればいいんだよ。なにが悲しくてこの俺に」

「あれ？　不満あんの？」

カメラを持った浅羽が少し考えるような顔をする。

「あぁ、物足りないんだ？　だったら、ちょっと上着脱いでみよっか」

「やかましいわ！」

旅行二日目――太子の蘇にまつわる件を解決した栗田たちは、皆に厚くお礼を言われて御菓子司夢殿を後にした。その後、東向《ひがしむき》商店街で昼食のカレーを食べていたとき、急に由加が頓狂な声をあげたのである。

「あ、そういえば！」

由加はバッグから折り畳まれたメモ用紙をごそごそと取り出して、栗田に渡す。

「これ、読んでみて」

「なんだよ唐突に。カレーが冷めちゃうだろ」

栗田がスプーンを置いてメモ用紙を開くと、そこには『奈良国立博物館の近くのキッチンカー』とだけ書かれていた。栗田はまばたきする。

「なにこれ？」

「知らない。昨日、あの上宮って人に渡されたの」

「上宮に……？　つか、昨日ってどういうこと？」

「えっとね、あたしたちって昨日は栗くんたちのこと、つけてたじゃない？　そのとき、あの和菓子屋さんの近くに隠れてたら、店から突然走って出てくる人がいて」

「ああ……上宮が途中で逃げ出したときか」

「経緯は知らないけど、鉢合わせしたの。この人誰だろうってあたしは思ったけど、向こうは察したみたい。『あ、お友達ですね？』って言って懐から紙を出した。で、文章をさらさら書いて、あたしに押しつけたわけ」

「これを？」

「そ。色々落ち着いて時間ができたら、栗くんか葵さんに渡してほしいって。そうすればわかるって言ってた」

「いや、わかんねえよ……。意図も意味もさっぱりなんだけど。葵さんはどう？」

栗田が件のメモ用紙を渡すと、葵はそれをためつすがめつして首を傾げる。

「まぁ、ここに行ってみろってことなんでしょうねー。どうしましょう？」

「本人に訊いてみる」

栗田はその場で御菓子司夢殿に電話をかけた。

ところが瑠夏によると、上宮は行く先も告げず、再び風のように姿を消したのだという。彼の電話番号も教えてもらったが、当然のようにつながらない。

「あいつ……」

「仕方ない人ですね。でもわたし、博物館にはちょっと興味ありまして」

「ん。あそこ、貴重な美術品とか色々あるらしいぞ。日本で二番目に古い国立の博物館だって、なんかで読んだ」

「じゃ、せっかくですし、行ってみません？」

ということで、食後の栗田たちは奈良国立博物館へ向かった。奈良公園内の芝生で鹿が戯れる牧歌的な光景の中、浅羽に動画撮影をされながら歩いていたのだった。

ややあって、遠目にキッチンカーが一台停《と》まっているのが見えてくる。

「お。ほんとにあったよ、キッチンカー。でも、なんかパエリアとかピザとか売ってる雰囲気じゃねえな」

栗田がそう言うと、「さすがは古都。和風だねぇ」と浅羽が応じる。

「なにを売ってるのか地味に気になるな……。それはそうと、いい加減カメラ引っ込めろよ浅羽。そろそろ飽きただろ？」

「全然？　ていうか、まだまだ素材をたっぷり撮りためないと。俺、PR動画を作るつもりだからさ」

「あ？　なんのPRだよ」

「そりゃ当然、栗田のPR動画に決まってるじゃん」

またこいつ変なこと言い出したな、と栗田は半眼で思った。

浅羽は片手をひらひら振って気怠げにのたまう。

「俺なりにさぁ、これでもクソ栗田の店のこと心配してるんだよ。今はお店もSNSで、個人の魅力を発信する時代。いい商品を地道に作ってるだけじゃだめなの。店主自身のトークで興味を引かないと」

なんだかどこかで聞いたような助言だと栗田は思うが、きっと多くの人がそう認識しているということなのだろう。

「でも俺、別にそういうタイプじゃねえからな」

「だから、俺がこの旅行をロケに見立てて、ぴったりのＰＲ動画を作ってやるって。それをアップするだけなら、自称クールで寡黙な職人キャラでもできるでしょ？」

「……あのなぁ」

話だけなら親切な内容に聞こえるが、浅羽の表情は栗田で遊ぶ気まんまん。

いいからおまえは普通に旅行を楽しめ——と栗田が告げようとしたとき、鶴の一声が放たれる。

「大事ですよねー、自己開示。自分のありのままの姿を皆に開いていく姿勢！」

「はい……？」

唐突に葵が胸に手を当てて、陶然としながら語り出した。

「筋骨たくましい、いかつい浅草の男が心を込めて作る甘いお菓子……。確かにそれだけで充分、訴求力はあるんですよ。でも栗田さんって、他にも長所が色々あって、店の経営者だったり、運動神経抜群だったり、風情を解する歌人だったり、雨に濡《ぬ》れた仔犬《こいぬ》を助けずにいられない性格だったり、わりと盛りだくさんじゃないですか」

「なんか変な妄想入ってねえ……？」

「そういう妄想力を刺激する部分も含めて、知ってもらえると嬉しいですよね！」

澄んだ笑顔で語る葵に、「やっぱそう思うよねぇ、葵さんも」と浅羽がこれ見よがしに何度もうなずくので、栗田は仕方なく仏頂面で応じる。

「……まあいいさ。減るもんじゃねえし、撮りたいだけ撮れよ」

さすがー、と葵が小さく拍手し、浅羽は悪魔のように目をにんまり細める。

「はは。葵さんに言われたら断れないよねぇ？　いいの撮ってやるよ」

「勝手にしろ」

と、そんな応酬をしているうちにキッチンカーの近くに辿り着いた。

博物館に行く前に軽く見ていくことにする。

「どうも――。って、大丈夫ですか？」

キッチンカーを覗いた栗田がぎょっとしたのは、店員が恐ろしく落ち込んだ様子だったからだ。眉根を寄せた青年がひとり、カウンターテーブルに肘をついて頭を抱えている。

「ん？　あぁ……お客さんか」

今生き返りましたというような顔で、彼が会釈する。

「ごめんください――じゃなかった……いらっしゃいませ……」

大丈夫なのかよ、と栗田は冷や汗まじりに周囲を観察した。

近くで見るとキッチンカーは、シトロエンのバンだった。カラーリングは水色で、車の側面を竹製のすだれで覆い、上の方に季節はずれの風鈴も飾っている。

看板に書かれた文字は、『わらび餅　またたび屋』。

和菓子の移動販売だったのか、と栗田は思う。——いいかもしれない。

というのも、わらび餅の移動販売は、そもそも関西では昔からよくあったらしいのだ。最近は減少傾向らしいが、鐘を鳴らしながらリヤカーで売り歩く姿は、夏の風物詩だったとTVや雑誌で何度か見たことがある。

だったら和風のキッチンカーは、その現代版。既に夏とは言えないが、他の季節に食べても、わらび餅は美味しい。この店はたぶん、そこに商機を見出したのだろう。

店員は二十代半ばの短髪の青年で、親しみの持てるさっぱりした顔立ちだった。

だが今は伏し目がちで、動作も鈍く、見るからに沈んでいる。

元気づけられるものなら元気づけてやりたい。

「ちょっと食べてく？」

栗田が皆に持ちかけると、「いいですねー。じつは小腹が空いていたんです」と葵が軽やかに賛成した。

「昼ごはん、結構な量、食べてなかった……？」由加がまばたきする。

「固いこと言うなよ。よし決まり。すいません、わらび餅ください」

栗田が口火を切ると、「俺もー」と浅羽が便乗し、なし崩し的に皆が注文する。

商品はキッチンカー内の小型冷蔵庫に入れてあったようで、すぐに出てきた。

テイクアウト用の箱形容器に入ったわらび餅と、菓子楊枝を受け取った栗田たちは少し離れたベンチに移動して腰掛ける。

「んー。きな粉たっぷりですね」

葵が言った。

「きな粉が多すぎて本体が見えねえな。とりあえず——いただきます！」

大豆色の粉が山のようにかけられたそれに、栗田は菓子楊枝を刺して口に運ぶ。葵と浅羽と由加も同じようにした。

もむもむと咀嚼《そしゃく》するうちに沈黙が降ってくる。

それは雪のように降り積もり、次第に四人の顔から表情が抜け落ちていった。

やがて浅羽が「んぐっ」と音を立ててそれを嚥下《えんか》し、凍った時間が再び動き出す。

「……なにこれ。固っ！」

浅羽が容器の中のわらび餅を蔑むように睨《にら》んで、そう言った。

「餅の表面がごわごわじゃん。しかも中身は固すぎて嚙みきれないよ」

隣の由加も驚いた顔でうなずく。

「なんか干からびたスライムみたい！　まぁスライム自体、食べたことないけど」

「やー、うーむ、なんといいますか……」

葵はそれだけ言うと、引きつった表情で口を押さえている。

栗田も率直に思う――こんなにまずいわらび餅は初めて食べた。

やがて視線の先でキッチンカーの背面のドアが開く。店主の青年が車から降り、お茶の入ったペットボトルと重ねた紙コップを持って、栗田たちのベンチへ駆けてきた。

「申し訳ありません。やっぱりお口に合いませんでしたよね」

「やっぱり……？」

「お飲み物をどうぞ！」

栗田たちが呆気に取られつつ受け取った紙コップに、お茶が注がれていく。

＊

「おそらく思うに、俺のやり方が間違ってるんでしょう……。製菓についてはまかせきりな部分があったので。ただ、体を動かしてないと落ち着かないんだ。もちろん落ち着くために、まずいもの売ってちゃいけません。もっと考えなきゃいけないのはわかってるんですが――」

ベンチに腰掛けた青年は沈痛な面持ちで、しかし流暢に語り続けていた。喋ることで少し元気が出てきたようだ。栗田たちは戸惑いながらも、彼の言葉に耳を傾けている。

話によると、彼は旅川修《たびかわおさむ》。元会社員で、今は移動販売のわらび餅の店を営む二十五歳。店名の『またたび屋』は、苗字《みようじ》から漢字を一文字とったとのこと。

栗田たちが彼の相談に乗ることになったのは、口直しのお茶をもらった際の話題が引き金だった。

「や、飲み物、わざわざありがとうございます」

栗田の言葉に、彼は恐縮した様子で、「いえいえ！　出来が微妙なのは自分でもわかってるんで。最近じゃクレーム慣れしつつありますし……」と答える。

それなのに商売をやってるんだな、と栗田はやや当惑しながら尋ねた。

「ぶしつけですけど、上宮暁って人のこと、ご存知ですか？」

もともとここに立ち寄ったのは『奈良国立博物館の近くのキッチンカー』という、

上宮からのメッセージが気になったからだ。知り合いなのだろうか？

「上宮……さん？　いやぁ、聞いたことないですね。その方がなにか？」

「ん。じつは――」

栗田が経緯を説明していくと、ふいに彼ははっとして「あ！　なんか、そんな服を着た人に会いました！」と声をあげた。

「服って――あの、ちょっと普通の店じゃ売ってないような？」

「ブランドものですよ、あれ」

あ、そうなのかと思う栗田に、彼は語った。

「昨日の午前中の話です。俺、お客さんとトラブルになって……。いや、実際には、一方的に詰められただけなんですけどね。こんなにまずいわらび餅を食わせるなんて、どういう神経だって激怒されちゃって」

しかしながら、味に自信がなかった旅川は言い訳ができなかったのだという。

苦情を言い立てる客と、ひたすら平身低頭する旅川。一方通行の話が延々と続く。

そこにふと、薄い和風のコートを幾重も重ねたような、不思議な服装の青年が通りかかったのだそうだ。

「どうしたんです？　朝からおだやかじゃないですね。――一切衆生悉有《いっさいしゅじょうしつう》仏性《ぶっしょう》」

青年はそう言うと要領よく、まるで法話でも説くように喧嘩を仲裁してくれた。

ちなみに一切衆生悉有仏性とは、あらゆる生きとし生けるものは仏になれる可能性があるというような意味らしい。人はそういう視座に立つと許せることが少し増える。

怒り心頭だった客も、結局は狐《きつね》に化かされたような顔で立ち去った。

「ありがとうございました！」

「いえいえ」

話によると、不思議な服の青年は奈良に着いたばかりで、今から実家に向かうところだという。そしてこれも巡り合わせだと言い、旅川の悩み事を聞いてくれた。

旅川が青年に相談したのはもちろん――自分の作るわらび餅は、なぜこんなにもまずいのかということだった。

「ふうん……。詳しいことは知りませんが、原因はいくつか想像できます。これでも幼少の頃から和菓子作りを仕込まれていたもので。ただ、実物があるのなら食べてみたいな。どの程度の味なんですか？」

「今お持ちします！」

旅川は容器に入れたわらび餅を青年に渡した。一口食べると彼は目を見開く。

「こ、これは！」

「これは……？」

美味しーい、とは当然言われなかった。青年はなぜか柔らかく合掌して、

「──あなたは少し自分を見つめ直した方がいいでしょう。世間虚仮《せけんこけ》、唯仏是真《ゆいぶつぜしん》」

そう言うと、踵を返してどこかへ歩き出す。後にはきょとんとした顔の旅川だけが残され、その後いつになっても青年は戻ってこなかった──ということだった。

話を聞き終わった栗田は、仏頂面で断言する。

「……ん。その態度あいつだ。間違いなく上宮だ」

大方、あまりのひどい味に上宮は呆れ、多少の助言では意味がないと判断し、救済を取りやめたのだろう。煙《けむ》に巻《ま》いて体よく逃げ出したわけだ。

だが頭の片隅で、たぶん気にはなっていた。だからわざと言葉足らずのメッセージを送り、栗田たちをここへ来るように仕向けたのだ。

葵なら、自分と異なる方法で、手際よく助けられると踏んだのか──。

あるいは葵がどう行動するのか、純粋に好奇心を刺激されたのかもしれない。

いずれにせよ、上宮はもう会うことはない相手。だが文句は後できっちり伝えてやろう。妹の瑠夏に頼めば、苦情の手紙くらい送れるはずだ。

そんなことを考えていると、ふいに旅川が栗田たちの方へ身を乗り出す。

「あの人と知り合いってことは、皆さんも和菓子のプロなんですよね？　どうか相談に乗って頂けませんか。俺、今行き詰まってて、どうすればいいのかわからないんです。このとおり――お願いします！」

切羽詰まった様子で旅川が頭を下げる。

「うーん……」

ここまで話を聞いて見捨てるのは結構心苦しいものがある。なにより隣の葵が放っておけなさそうだった。

「あのー、栗田さん……。少しだけ、この方の相談に乗っても構いませんか？」

「どうだろうな。ま、いいんじゃね？　乗っちゃっても」

栗田は頰をにっと緩めた。「せっかくだし、俺も協力するさ」

贔屓目《ひいきめ》かもしれないが、こういった葵の無償の優しさに触れるたび、栗田は胸の中に風を感じるのだ。殺伐とした世の中を優しく吹き抜ける、爽やかで自由な風――。

できれば、それを感じ取れる心の余裕をいつも持ち続けていたい。

「うん、よかった」

葵は嬉しそうに両手をふわりと合わせた。

と、そんな経緯で栗田たちは旅川の悩みを聞くことになり、かれこれ二十分ほど、彼の話に付き合っていたのである。

ふむふむ、と葵が細いあごの先をつまんでうなずいた。

「わらび餅ってシンプルなようで、難しい和菓子ですからね。どういうことかと言いますと――。あ、でもわたし、その前にやっぱり気になることがありまして」

やや遠慮がちに葵が続ける。

「繰り返しになりますけど――ほんとに心当たりないんですか？　彼女さんがいなくなった理由」

「……はっきりしたことは、なにも」

旅川が眉をひそめて答える。栗田は小さく嘆息した。

「正直、俺も葵さんと同意見なんだよな……。わらび餅どうこう以前に、姿をくらましてるパートナーを探す方が先なんじゃないですか？」

栗田のその言葉に答えず、旅川は無言で唇を噛んでいる。

というのも旅川の話によれば、またたび屋は単独で営んでいるわけではなく、もうひとり従業員がいたというのだ。

勝又智子《かつまたともこ》。

大学時代から旅川と交際していた相手だ。彼女と共同経営していた。

なんでも脱サラして起業したいと望んでいた旅川に、和菓子屋の次女である智子が賛同し、相談の結果、店舗がいらない移動販売のわらび餅の店を起《た》ち上げたらしい。智子が製菓作業を担当し、旅川は力仕事や車の運転、出店場所の交渉などを担当。タレントとマネージャーのような役割分担でうまくやっていた。売上も上々だった。

しかし最近その智子が唐突に行方をくらまし、もう一週間以上も音沙汰がないのだという。電話でもSNSでもメールでも連絡がつかない。

その話を聞いた際、栗田はすぐに言ったものである。

「や。それまずいでしょう！　まずは警察に連絡を――」

「大丈夫です」

「なにが？　え？　どこが？」

「智子は時々、家に帰ってきてるようですから」

「はい……？　どういうこと？」

困惑する栗田に、「俺、智子がいなくなってから一日二回、仕事に出発する前と後に必ず彼女のアパートに様子を見に行ってるんですよ」と旅川は語った。

「もちろん毎回、留守でいません。会えたことはないんですが――郵便受けに新聞やチラシが溜《た》まってるときと、そうでないときがある。つまり智子は時々、部屋に戻ってきてるんです。だから犯罪に巻き込まれたとか、そういうわけじゃありません」

「いや、でも――」

「彼女の親にさりげなく探りを入れたら、特別なことはなにもないって電話では話してるらしい……。思いきり無事なんですよ。普段どおりを装って、自分の意思で、俺とだけ連絡を取ってないんです」

何度か夜通し部屋の前で待っていたりもしたが、誰も来なかったと旅川は言う。

「ふうん……。そうなんだ」

智子が親とは連絡を取っていて、本人が問題ないと言っている以上、警察に捜索願いを出すような話ではない。だが旅川からは連絡が取れない――。

変な話だと栗田は思った。すごく奇妙だ。

でも、だからこそ旅川はかつてない混乱に陥っているのだろう。

こんなこと、彼女の両親には、とてもじゃないが打ち明けられまい。それで、見ず知らずの誰かに頼らずにいられないほど追い詰められているわけだ。

でもなあ、と栗田は思う。

ここはやっぱり恥を忍んで、親御さんに相談するしかないんじゃないだろうか？

栗田がそう言おうとすると、無言で唇を噛んでいた旅川がふいに口を開く。

「おそらく思うに、事情があるはず……。どう言えばいいのかな。智子が消えたことを知ってるのは今のところ俺だけ。他の人には智子は何事もないように振る舞ってる。そこにポイントがある気がして」

「というと？」

栗田の言葉に、旅川は予想外の言葉を口にする。

「トライアル」

「え？」

「あなたのことを見極めます——いわば、そういう目的の力試しなんじゃないかって思うんです。よく言うでしょう？　人の真価は窮地に陥ったときにわかるって」

「初耳だよ」と後ろで浅羽が茶化すのを無視して、栗田は尋ねる。

「えーと……つまり？」

「つまり智子は、あえてこんな不可解な状況を作ることで、今後も一緒にやっていける男かどうか、パートナーとしての真価を確かめようとしてるんじゃないでしょうか。無事なことが自明である以上、俺にはそういうメッセージにしか受け取れません。付き合って長い俺たちだけど、それだけに色々あるんですよ。この関係、最終的にはどこを目指してるのか……みたいな。不安になる時期もやっぱりあります。これはそのもやもやを拭い去るための愛情試しでもあって――」

そう、俺は今きっと試されてるんだ、と旅川は妙に力んだ表情で言った。

「智子は俺の動向を絶対に気にしてる……。だから本人を探すのは本末転倒だと思うんです。それよりは、ひとりで店を切り盛りできてるところを見せたい。店を順調に営業し続けていれば、きっと彼女は戻ってきます！」

「……そういうロジックですか」

つまり智子本人を探すのはテストを棄権する行為のように解釈しているのだろう。考えてみれば、智子は自ら旅川から距離を取っているわけで、この状況で彼女を探すことに躍起になるのは、おそらくは相手の意に反する行為だ。

「とにかくまずは最低限、美味しいわらび餅を作れるようにならないと……。栗田さん葵さん。よかったら、うちの仕込み場所を見に来てもらえませんか？　移動販売って車の中で調理するわけじゃないんですよ。専用の場所で作るんです」

「へえ」

どうする？　と栗田と葵は顔を見合わせ、浅羽は肩をすくめ、由加は腕組みした。

*

またたび屋の仕込み場所は、奈良公園から程近い、北市町《きたいちちょう》の古い賃貸マンションの一階にあった。

ベッドや椅子の類はなく、ただ食べ物を用意するためだけの場所だ。

商品は毎朝ここで作り、キッチンカーに載せて売りに行くらしい。

とはいえ――。

「なんか、えらい散らかってねえか……？」

仕込み場所に足を踏み入れた栗田は思わず呟いた。葵も目をぱちぱちして言う。

「やー、張り切っちゃったペットの室内犬が大暴れしたような光景ですけどもー」

またたび屋の仕込み場所は、キッチン周りこそ片づいているが、他は足の踏み場もなかった。

書類や領収書、ひっくり返った段ボール箱や、その中に入っていたとおぼしき袋などが床に滅茶苦茶に散乱している。業務用の材料をまとめ買いしたのだろう。きな粉や上白糖やグラニュー糖、片栗粉《かたくりこ》の袋まで転がっていた。

部屋の隅には扉が開けっ放しの金庫があって、中は空だ。

「すみません。俺自身は慣れてるから気づかなかった。整理整頓されてるとは言いがたいですよね。ちょっと寄せときます！」

そう言うと旅川は、床に散らばったものをブルドーザーのようにまとめて部屋の奥へ押していく。もちろん足の踏み場が広がるだけで片づいてはおらず、むしろ逆だ。

栗田は慌てて声をかける。

「や！　いいですよ旅川さん、そのままで！　別に俺たち、長居するわけじゃないですから」

「そうですか？　せっかく来て頂いたのになんだか申し訳ない。ちょっとね、智子の手がかりがないかと思って、探しまくったものだから」

「ああ、そのせいで――」

葵が眉尻を下げてそう言うと、旅川は「夜通し探しても、なにも見つからなかった」と苦しげに呟いて続ける。

「それで俺、もう泣きたいような腹立たしいような、わけがわからない気分になっちゃってね。気づけば衝動にまかせて、段ボール箱に思いきり八つ当たりしてました。だから、こんな有り様に」

「……色々お大事にしてくださいね」

葵が心配そうに言う。

こんなとき浅羽なら、きっと笑顔でぐさりと来るような発言をするのだろう。だが、あいにく彼と由加はこの場に不在――あのキッチンカーは三人乗るのが限界だったのだ。スマートフォンのＧＰＳ機能と、旅川から教わった住所を頼りに、浅羽と由加は後ほどタクシーで来ることになっている。

距離的にあまり離れてはいないから、そのうち合流できるはずだ。

「さて、今のうちに肝心なことをやっちまうか」

ミリタリージャケットを脱ぐと、栗田は腕まくりした。本当は和菓子職人用の白衣があるといいのだが、今は作り方を教えるだけだから我慢しよう。

栗田は部屋の隅の段ボール箱に近づくと目を凝らし、白っぽい粉の入った業務用の袋をふたつ拾い上げる。キッチンの流し台の横にそれを置き、鍋やざるなどの製菓道具も棚から取り出して並べていった。

「ん。こっちは準備できた。葵さん、いいか？」

「はいー、こちらもオーケーです」

「……って、なにしてんの？」

いつのまにか葵は壁際のラックの上に、カメラを仕掛けている。浅羽が動画撮影のために購入したミラーレス一眼カメラだ。レンズはばっちり栗田に向けられている。

「あー……。葵さん、それって」

葵はえへっと悪戯っぽく笑い、「じつは浅羽さんから頼まれちゃいまして。俺の代わりに栗田さんの格好いいところをたくさん撮っておいてねって。嫌でした？」

無邪気にそんなことを言うので、栗田はクールにかぶりを振る。

「——構わねえよ。こういうのも、じつは意外と気持ちいいもんだからな」

「へえー！　そうなんですね」

いやいや、なに言ってんだ俺、と栗田は赤面してかぶりを振る。

「冗談はさておき——始めるか」

和菓子を作るのは栗田。説明するのは葵という役割分担でレクチャーが始まった。

じつは葵はわりと人見知りするタイプなのだが、和菓子の話だと人が変わったように自信に溢れ、早口の声にも張りが漲《みなぎ》る。それは傍《はた》で聞いている栗田にとっても、ひそかに心地がいい。

「それじゃ、まずはちょっとした質問から。旅川さん、わらび餅ってなにから作るかご存知ですか？」

葵の言葉に、旅川は一瞬、虚をつかれたような顔をした後、苦笑して答える。

「やだなぁ……。そりゃもちろん、わらび餅用の粉でしょう。いわゆる、わらび粉ってやつですね。あとは水と砂糖」

「うんうん。わらび粉と水と砂糖ですねー？」

「はい」

「では栗田さん。実演の方をお願いします」

「おう、了解」

栗田は流し台の横に置いた二種類の袋のうち、ひとつを手に取ると封を開けた。巾に入っているのは、粒が大きめの薄い灰色の粉。——国産の本わらび粉だ。

「よっと」

栗田は本わらび粉をボウルに入れると、少しずつ水を加え、ダマにならないように溶かしていく。

その後、ざるで漉《こ》して鍋に入れた。そこに砂糖を投入し、木ベラで丹念に混ぜる。

火にかけて、底の方から大きく攪拌し続けていると、もったりした感触のそれが強い粘り気を帯びてきた。

次第に力が必要になってくる。栗田はぐるぐると渦を描くように練り続ける。

やがて鍋の中の粘体が黒っぽく変色してきた。

「へえ！　鍋で作るとこんなふうになるんだ」

鍋を覗いた旅川が感心したように言うので、栗田は軽く片眉を持ち上げる。

「鍋で作るとって……。普段はどうしてるんですか？」

「電子レンジを使ってます」

「はい……？」

「ボウルにわらび粉を入れて、適度に掻き混ぜたらレンジに直行！　お手軽だし、かなりの時間短縮になりますよ。あ、もちろんボウルは電子レンジ対応のやつです」

「……金属製のボウルだと、下手すると火災が発生するんで、気をつけて」

やがて鍋の中で掻き混ぜていたものが、つやつやした黒いわらび餅になった。

栗田は平たいバットにきな粉を敷くと、そこにわらび餅を移す。上からもきな粉をまぶし、それから手でゆっくり押して伸ばした。

後は食べやすいサイズの角切りにして、切り口にもきな粉をまぶし、完成だ。

「やー、どうも、お疲れさまでしたー」

葵が軽やかに続けた。

「いつもながら無駄のない、それでいて丁寧な仕事ぶり――お見事です」

「ん、サンキュ」

和菓子のお嬢様に褒められると、プロの職人でも内心かなり嬉しいものがある。

栗田は適度に冷えた角切りのわらび餅をいくつか皿に載せると、上から黒蜜をかけて旅川に差し出した。

「どうぞ旅川さん、できたてを食べてみてください」

「お、嬉しいなぁ、じゃあ早速」

旅川は角切りのわらび餅に菓子楊枝を刺すと、ひょいと口に放り込む。

刹那、その両目が見開かれて、ぱっと表情が明るくなった。

「ん ー……！」

咀嚼するうちに彼の目が、えびすのように細くなる。まるで夢見心地という印象。

やがてこくんと飲み込むと、彼は「すごい――すごい柔らかい！」と言い、続けざまにもう一個。その後さらに、もうひとつ食べた。

「いやもう、たまりません！」

たちまち全部食べ終わり、旅川は皿を横に置くと両手を打ち合わせる。

「驚きですよ……俺の作ったものとは全然違う！　くにゅっとした口当たりがほんと、独特ですね。ふるふる柔らかくて、まるで水を切り取ったみたいだ。舌の上で弄んでるうちに、とろーり甘く溶けて――。香ばしいきな粉と黒蜜が、またよく合う！」

旅川は満足の吐息を、ほうっと漏らして続ける。

「さすがプロの職人さんだ。わらび餅ってこんなに美味しいものだったんですね！」

その言葉を聞いた瞬間、栗田はなぜ智子が姿を消したのか、わかった気がした。

旅川はバットの上に残っている栗田のわらび餅を一瞥《いちべつ》して言う。

「おかげで作り方もばっちり覚えましたよ。レンジを使う方法に比べたら手間はかかるけど、あれなら俺でも充分できます！」

「おかわりいかがですか、旅川さん。もう少し食べません？」

葵が尋ねると、旅川は「いやぁ」と照れたように笑って、首を横に振る。

「そうですか。ではレクチャーの続きをしますね」葵が言った。

「え？　まだあるんですか」

不思議そうな旅川の前で、葵は自分の荷物の中から、箱形の容器を取り出した。

ついさっき旅川の店でテイクアウトした、わらび餅だ。

葵はその容器の蓋を開けると、栗田が作ったわらび餅と並べてキッチンに置く。

「右が旅川さんの作ったわらび餅で、左が栗田さんの。なにか気づきません？」

「そう言われてもなぁ。同じわらび餅なんだから同じでしょう。——って、あれ？」

旅川が訝《いぶか》しげな声をあげて続ける。

「なんか……色が違うな」

葵が製菓用の竹ベラで、両方のわらび餅にまぶされた、きな粉を取り除いていった。

旅川のわらび餅は透明感があって、白みがかった玉のよう。

だが栗田が作ったわらび餅は黒っぽい——。

葵が両方のわらび餅を左右の手で指差して言う。

「この色の違いがなにから来てるかと言いますと、鍋と電子レンジ——とは関係なくて、やっぱり材料からです。旅川さん、最初に言ってましたよね。わらび餅の材料はわらび粉と水と砂糖だって」

「ええ」

「それらで作ると、栗田さんのわらび餅みたいに黒くなるんです。逆に白いものは、百パーセントの本わらび粉では作れません」

葵のその言葉に、旅川が「えっ？」と驚く。

「じゃあ俺、なにを使ってたんだ……？」

栗田は流し台の横に置いておいた、もうひとつの袋を掲げて「これです」と言う。

「わらび粉？　同じじゃないですか。俺、その粉でよく作ってますよ」

「商品名は同じです。ただ、原材料は？」栗田は言った。

「——あれっ？」

旅川が目を見張ったのは、そのわらび粉の袋の原材料名の欄に「甘藷《かんしょ》でんぷん」としか記載されていなかったからだろう。

甘藷とは、さつまいもの別名。つまり、さつまいもから作られたでんぷんだ。

ちなみに、じゃがいもの別名は馬鈴薯《ばれいしょ》で、馬鈴薯でんぷんというものもある。片栗粉などは、それを原料に作られることが多い。

「商品名がわらび粉なのに、わらびは使われてない……」

旅川が額を押さえて続けた。

「だったら俺が作ったものは、なんだったんだ？」

「それもまた、わらび餅です。本わらび粉を使っていない、わらび餅ですけど」

葵がさらりとした口調で語る。

「本わらび粉は、わらびの地下茎を精製して作ります。でも非常に手間がかかるので基本的に高価なんですよ。しかも、それで作った純粋なわらび餅は、ひと晩で固くなるので本的に保存がききません。そういう意味で取り扱いが難しいんです」

「簡単に作れると思ってた……。あれはそういう意味だったのか」

――『わらび餅ってシンプルなようで、難しい和菓子ですからね』

先程、葵に言われた言葉を思い出しているのだろう。旅川は茫然自失《ぼうぜんじしつ》としている。

「普通の人が普通に食べるわらび餅には、本わらび粉はあまり使われていない場合が多いですよ。あの白っぽいわらび餅ですね。あれはあれで夏の風物詩ですし、そちらの方が好きな人もいるでしょうし、否定する気は全然ないです。たぶん、黒いわらび餅を食べたことがある人の方が少ないはず――」

葵のその言葉に、旅川がうめくように言う。

「……知らなかった」

「ただ、わらび餅の店を営むプロなら、やっぱり材料は正確に知っておきたいところです。いろんな材料から作られた『わらび粉』がありますからね。甘藷でんぷん、蓮《れん》根《こん》でんぷん、葛でんぷん、加工でんぷん、それらに本わらび粉を少量混ぜたもの……。名前を『わらび餅粉』みたいに変えてるものは誠実ですけど、そうじゃない品も時々ありますし」

栗田が「ん。その辺の事情を踏まえると――」と言って続ける。

「わらび餅の材料は、水と砂糖とでんぷんって感じか」

「やー、そこまでいくと、いろんなものが当てはまっちゃうような。間違いではないですけどね」

「それもそっか」

栗田は苦笑して、旅川に向き直った。

「ともかく旅川さん、あなたのわらび餅がまずかったのは、作り方のせいだけじゃない。材料の件も含めて、知識が全般的に不足してたからでしょう。わらび餅の物性、適した温度、保存の仕方、消費期限……。わらび餅って、長い間冷やすと固くなるんですよ。それこそゴムみたいに」

旅川のわらび餅を食べたときの感触を一瞬思い出し、栗田は続ける。

「ただ、向こうの袋のひとつにトレハロースがありましたけど、あれを混ぜると食感を保持できたりもする。智子さんも色々考えてたんでしょうね。そういった工夫もなしに前日の残りものをそのまま売ったら、やっぱ文句を言われますよ」

「あ……。そういうことだったのか」

得心したのか、旅川が赤面した。栗田はひとつ間を置いて続ける。

「あと俺、智子さんがいなくなった本当の理由、なんとなくわかった気がして」

「え？」

途端に旅川が目の色を変えた。「どういう意味ですか、栗田さん？　俺の考えは間違ってるってこと？」

若干の遠慮があって言《い》い淀《よど》む栗田に、「頼む、教えてください！」と旅川は迫る。

どう伝えるべきか、慎重に言葉を選びながら栗田は言った。

「あー、なんかこう……頭を冷やしたかったんじゃないでしょうか」

「頭？」

意味がわからなかったのか、口を半開きにする旅川に栗田は告げる。

「あくまでも仮説です。ただ、想像してみてください。共同経営者で、いつも間近にいて、長年交際もしてるパートナーが、自分の得意分野になんの興味も持ってくれなかったとしたら――」

旅川は無言で頰をぴくりと動かした。

「あなたはわらび餅の詳細をほぼ知らなかった。さっき言ってましたよね。さすがプロの職人さん、わらび餅ってこんなに美味しいものだったんだ、みたいなこと」

「はい……」

「でもそれ、じつは結構ひどくないですか？　智子さんだってプロでしょ？　しかも一番身近な――。俺と同じようなわらび餅だって作ったことがあったはずだ。純粋な本わらび粉がここにあったわけだし。まぁ材料費とか日持ちのこととか、商売上の都合で店で売ってる品物とは違うのかもしれませんけど」

無言で頭を押さえている旅川に、栗田は続ける。

「たぶん智子さん、怒ったんだと思う。公私にわたるパートナーが自分の仕事に興味を持ってくれない――。そりゃまあ、ビジネス的に役割分担をしてるのはわかりますけど、製菓は全部まかせきりってのもねぇ。そういう不満って蓄積するもんですよ。で、ある日ふいに臨界点を超えて」

どーん、と呟いて栗田は結論を告げた。

「怒りが爆発した智子さんは、今は女友達の家とかで、気持ちを整理してる最中なんじゃないでしょうか？」

栗田が言い終えても、旅川は唇をきつく閉じたままだった。

ひりつくような長い沈黙が続く。彼はなにも喋らない。

――やばい。俺、ちと言いすぎたか？

懸念した栗田がフォローの言葉を探していると、旅川が暗い表情で口を開いた。

「おそらく思うに、もうひとつ可能性があります」

「え？」

「じつは智子の失踪と同時に――お金がなくなったんです。百万円近く」

栗田と葵はぎょっとして顔を見合わせた。

*

巷《ちまた》では電子マネー決済が普及しつつあるが、今でも飲食店はやはり現金で売上を受け取ることが多く、キッチンカーもその例に漏れない。

またたび屋の場合は、旅川と智子が共同で売上金を管理していた。

その日の営業から仕込み場所に戻ってくると、タブレット端末で会計アプリに金額を入力し、それから金庫にお金をしまって、ある程度貯《た》まったら銀行へ行く。

本当は毎日、銀行で入金すればいい。実際、起業した当初はそれをしていたのだが、慣れると結構な手間なのだ。最近は多忙な日々が続いたこともあって、売上金は金庫に入れたままになっていた。

その額は目分量で、百万円ほどだったという。

「さすがに貯めすぎたので、そろそろ銀行に行こうって話になってました。いつもそこの金庫の上に、大きなバッグを置いてあるんです」

扉が開いたままの空の金庫を指差して、旅川は続ける。

「鍵のついた現金収納バッグで、三百万くらい入るのかな。そのバッグと金庫のお金が、智子と一緒に消えてしまった——」

消えてしまったんです、と旅川は沈鬱な顔つきで繰り返した。

栗田は眉をひそめて呟く。

「……正直、俺の中の智子さんのイメージが完全にひっくり返っちまった」

さっき唱えた仮説はなんだったんだ？　そう思わざるを得ない。

百万円が消えて、共同経営者の智子も失踪した。だったら、どうしても智子が金を盗んで逃げたように思えてしまう。

「ちょっと展望が変わってしまいましたね……。あまりよくない方向に」

葵も同意見のようだった。栗田は旅川に向き直って告げる。

「やっぱ警察に連絡した方がいいですよ、旅川さん。俺はいつも性善説であろうと心がけてるけど、お金は人を変えちまうこともあるんだ」

会ったこともない智子という人のイメージが変転していくように——。

栗田は考える。

智子は旅川に怒りを爆発させただけではなく、それを通り越して愛想を尽かした。だから一種の精神的苦痛に対する慰謝料として、現金を持ち去ったのでは？　あるいはこの行動の真意は、回りくどい別れ話の前振り。現金自体は後で返すつもりだが、プレッシャーをかけている。今はひたすら混乱させることで、旅川の精神を追い詰め、破局の未来へ誘導しているのでは――。

「違うっ！」

突然、旅川が声を張り上げた。

「そんなことない。きっとやむを得ない理由があるんだ。彼女とは大学時代からうまくやってきたんです。おそらく思うに、智子は苦しんでる。あのお金を元手に、やらなきゃいけないことがあって――」

それがなにかはわからない。借金の返済とか身内に無心されたとか、あるいはもっと複雑な難事だ。とにかく一時的にお金を持ち出さないと解決できない。そしてそれは現状、誰にも話せないのだ。

だからこそ親や友人には嘘を吐き、普段どおりだと偽装している。

だとすれば、きっと恐ろしく苦しい精神状態だろう。

でも智子はパートナーの旅川にだけは嘘を吐きたくなかった。そのために今は連絡を絶つしかないが、トラブルが解決したら戻ってくる。そしてすべてを旅川に打ち明けてくれる――。

「そのはずだ」

震える声で旅川はそう語った。「そのはずなんだ……」

「旅川さん――」

見ていられなくなったのか、葵が痛ましそうに彼をなだめようとする。

「時には耐えることも必要でしょうっ？　俺は智子を信じてる」

じっとしていられなくなったらしく、ふいに旅川はバットの上に残っていた栗田のわらび餅を何個も口に放り込んだ。咀嚼し、その味を体じゅうで噛み締めて呟く。

「――ああ、甘い……柔らかい……」

美味しいなぁ――。

旅川は瞼を閉じてうめく。

「今でも覚えてます……大学時代、初めて会ったときのこと。最初は付き合えるとは思ってなかった。偶然が重なったんだ。お酒を飲んで、将来を語り合って……。会社に入ってからは、どうすれば脱サラできるか、よく相談に乗ってもらったっけ。智子がキッチンカーでわらび餅を売るプランを語り出したときは驚きましたよ。すごく斬新なアイデアだと思った」

口の中のわらび餅をじっと味わって、旅川は続ける。

「移動販売、最初はうまくいくか不安でね……。小心者の俺は夜も眠れなかった。でも智子は自信があったみたいだ。まかせといてって、いつも明るく言ってくれた。自分は和菓子屋の娘だからって、独自のルートで材料費を安く抑えてもくれた。最初は苦戦したけど、だんだん評判もよくなって、売上も増えていって――」

俺は智子を信じてる、と旅川は言った。

わずかに下唇を噛んだ後、「智子を信じたい」と続ける。

それから長い長い沈黙があって、やがて旅川は低い声で漏らした。

「……信じてたのに」

彼の目尻には光るものが滲んでいる。

「ずっと一緒にやっていけるって思ってた。なのに……なんで。なんで裏切るんだよ。なんで金を盗んで逃げたりするんだよ。そんなの――あんまりだ」

「旅川さん」

「――悔しいよぉ……！」

叫ぶように、ありったけの感情を吐き出して、旅川は床にくずおれる。

両手を床について嗚咽《おえつ》する彼を前に、栗田は言葉が出なかった。

――俺は……わかってなかった。

正直、なんだか楽観的な人だな、なんて途中でちらりと思ってしまった。浅はかだった。

この人は本当は智子さんを疑っていたのだ。状況を鑑みれば当然だろう。だがそれを力の限り、懸命に心の底に押し込めていた。

疑念をいったん認めてしまえば、彼女への気持ちは当然、急激に色褪《いろあ》せる。そしてそれは不可逆的なもので、二度と元に戻らないかもしれない。

だったら絶対に認めてはいけない――。

それだけ彼は、智子さんのことを大切に思っていたのだ。

どんな形でもいいから彼女に戻ってきてほしくて、彼は疑うことを放棄した。そして孤独にあてもなく、仕事を続けていたのだろう。必死に自らの願望にすがっていたのだろう。

ある意味、夢想的な行為なのかもしれない。でも誰がそれを笑えるだろうか？

「……すまない」

栗田は呟く。

仕込み場所のドアが開け放たれて、闖入《ちんにゅう》者が出現したのは、そのときだった。

＊

「あれ？　なんか愁嘆場じゃん。まーたなんかやらかしたんだね、栗田」

「鍵、あいてたから入ってきちゃった。ていうか、なにがあったの？」

現れたのは、ようやく到着した浅羽と由加だった。

「……遅かったな」

栗田が軽く嘆息すると、「ちょっとね。色々あって」と由加が便利な言葉を返す。

「こっちも今、色々と複雑でな。智子さんって人のことで――」

栗田がそこまで言った途端、浅羽と由加の後ろから、見知らぬ女性が歩み出る。

ミディアムの茶髪で、とても小柄。猫のイラストがプリントされたトレーナーを身につけ、高校生だと主張しても通用しそうな外見だ。

明るい雰囲気のその女性は、「もしかして、わたしの話？」と口にすると、ぺこりとお辞儀する。その後、片手を腰を当てて挨拶した。

「はじめまして、勝又智子です。またたび屋で和菓子職人をしていて、製菓衛生師の国家資格も持ってます。好きなものはずばり、猫とわらび餅——なんて言わずもがなでしょうか」

——この人が智子さんか。

栗田は何度もまばたきした。

イメージと違う。またしても抱いていたイメージと違う。別に構わないが。

「……猫が好き？　だから、またたび屋？」

呆気に取られたふうに葵が呟くと、智子は陽気な笑顔で、「旅川くんは苗字から漢字をひとつずつって説を採用してるみたいだけどね」

あっけらかんとそう答えた。

智子は放心気味の旅川に近づくと、屈託なく尋ねる。

「旅川くん、元気にしてた？」

「智子……」

「どう？　和菓子作りもやってみれば楽しいって、実感できたでしょ？」

驚きで、旅川はまだ現実感が追いついてこないようだ。呆然としたまま言葉を紡げない。そんな彼の前で智子は指を振って語る。

「百聞は一見にしかずって言うけど、食べるともっとよくわかる。作ると、さらによくわかる。人はそうやって奥深い製菓の道を歩んでいくんだよね、うんうん」

「……智子！」

叫ぶように旅川は言い、これ以上ないほどの喜びを表情に滲ませる。そんな彼の前で智子は天真爛漫《てんしんらんまん》な微笑みを浮かべていた。

恋人同士の会話に入っていくのも躊躇《ため》われて、栗田は浅羽に尋ねる。

「……なあ。あれ、どういうこと？」

「別になにも？　俺らがタクシーでここに着いたら、あの人――智子さんがいたんだよ。窓の外から室内をこっそり覗こうとしてた。いかにも訳ありだったし、もしかしたらと思ってさ。声かけてみたわけ」

そしたらビンゴ、と浅羽が言い、その言葉を引き取るように由加が続ける。

「わたしと智子さん、お喋り好き同士で意気投合しちゃって、その場で色々話をしたの。なんか彼女、わらび餅の作り方を旅川さんに覚えてほしかったみたいだよ」

「え？」

そうなのか。栗田は少し面食らった。

「でも旅川さん、和菓子屋の娘の智子さんが作る方が美味しいに決まってるって言って、いつも取り合わなかったらしいのよね。それはやっぱり問題ありだよ。気持ちの問題だけじゃなくて、リスクの分散とか、不測の事態に備える意味でも……」

「まぁ、智子さんが病気で寝こんだりしたら、営業できなくなっちまうからな」

栗田が言うと、由加はひとつうなずいて続ける。

「そういうことを実感してほしくて、一時的に失踪してみたんだって」

由加の話では、智子は女友達の家を泊まり歩いていただけ。たまに着替えや化粧品など必要なものを、旅川が仕事中の昼間に取りに戻っていたという話だった。

「おいおい。ってことは」

栗田は肩の力が抜ける。

だったら最初に旅川が言ったこと——これは恋人の真価を見極める力試しだから、美味しいわらび餅を作れるようになって彼女を待つ——は意外と的外れでもなかったわけだ。動機こそ異なるが、智子の望みの方は合っていた。

色々とすれ違いはあっても、どこかで心の一部は通じていたのかもしれない。栗田の仮説は結局、穿《うが》ちすぎだったようだ。

まあいいけどよ、と呟いて栗田は頭を切り替える。

ともかく、旅川は正規のわらび餅の作り方を習得したし、智子の目的も達成されたことになる。これで万事解決か？

「いや、待て待て！」

栗田は自分で自分に突っ込みを入れた。「大事なこと忘れてるだろ。盗まれた百万円はどうなったんだ？」

「へ？」

智子が目をしばたたく。「なにそれ。旅川くん、お金盗まれたの？」

「あー……。ええええ？」

旅川は戸惑い、目を白黒させている。混乱しているのは智子がけろっとしていて、どう見ても隠し事をしている態度ではないからだろう。栗田にもそう見える。

だったら百万円は誰が――？

「あのー」

ふいに葵が控えめに口を開く。

「お金って、ほんとに盗まれたんでしょうか？」

皆が一瞬きょとんと固まる。沈黙が通りすぎると、旅川が悲しげな顔で言った。

「それはつまり、お金を盗まれたのは俺の狂言だと……」

「いえいえ、滅相もない！　そんなおっかねーこと言ってません」

「はい？」

旅川は未知の外国語でも聞いたように目をしばたたき、葵が間髪をいれず、「すみません、今のは聞かなかったことにしてください」と早口で弁明して言葉をつぐ。

「ただ、なんとなく誤解がある気がするんです。現金を収納するバッグもなくなったんでしょう？　旅川さんに心当たりがないなら、バッグに触れる可能性があるのは智子さんだけ。智子さんがバッグに百万円を詰めたんですよね？」

「うん、そうだよ」

智子があっさりと認めた。「確かに、百万円近くはあったかな」

「そのバッグ、どこに置きました？」

葵が尋ねると、少し思い出すような間を挟んで智子は語る。

「えっとね……。あの日、これはさすがに売上金を貯めすぎたと思って、銀行に持ってこうとしたんだ。全額バッグに詰めて、それから窓辺で天気を確認して——。あ、そうだ！」

合点《がてん》がいったというふうに智子が指を鳴らした。

「あの日はすっごい青空で、雲ひとつなかったの。その光景を窓から見てたら、急に脳天気って言葉が頭に浮かんできて。そこからの連想で、今までの腹立たしい気持ちも思い出してきちゃって」

わらび餅の店なのに、作るのは自分にまかせきりの旅川――今はいいが、不測の事態が起きたときにどうするのか？　いくら言っても彼は覚えようとしてくれない。

悩みを捏《こ》ねくり回していると、智子の中で感情の糸が突然ぷつりと切れた。ずっと蓄積してきたものが限界を迎えたのだ。

そして智子はバッグを窓辺の床に置いたまま仕込み場所を飛び出し、今の今まで姿をくらましていたのだという。

話を聞いた栗田は小さく息を吐いた。

「……その日が雨だったら結果も違ったのかな――って、それよりバッグ！　じつはまだこの部屋にあるんじゃねえの？　窓辺の床とか、今は散らかりすぎてて見えないけど」

「みんなで探してみましょうか」葵が言った。

「むしろ今は探したくて仕方ねえ」

栗田たちは、皆で仕込み場所の散らかった場所を片づけ始める。

そんなこんなで二十分後――現金百万円の入ったバッグは、旅川が乱雑に扱った段ボール箱の下から、めでたく発見されたのだった。

＊

「本当に、このたびはご迷惑をおかけしました……」

見違えるように片づいた仕込み場所で、旅川修は面目なさそうに頭を下げた。

結局お金の盗難の件は、葵の言うとおり勘違いだった。

百万円の入ったバッグは無事に見つかり、恋人の智子も戻ってきて、不安はすべて払拭されたと言ってもいい。

「やー、これがいわゆる愛の力なんでしょうかー。おふたりが揃った途端にスピード解決。警察沙汰にならなくてよかったですねー」

掃除で疲れたのか、葵が額に汗を浮かべてそう言い、隣の栗田は無愛想にぼやく。

「ったく、人騒がせにも程があるっつの。今後は気をつけてくれよ」

「だね」

浅羽が呆れたように肩をすくめ、隣で由加は「うはー」と苦笑いしている。

ただ、本気で旅川たちを責める者は誰もいなかった。

優しい人たちだ、と旅川は素直に思う。

そして人として強い――。だからこそ損得勘定を抜きに、見ず知らずの他人を助けることができるのだろう。今の自分にその余裕はまだないが、いつか彼らのホームグラウンドだという浅草に行ってみたい。そして精神的に成長した己を見せたい。

これから自分も少しずつ彼らのようになっていくつもりだから――。

手始めに、試してみたいことがあった。

「――まだすべてが解決したわけじゃありません」

旅川が決意を込めてそう言うと、えっと皆が意表をつかれた顔をする。

「俺と智子の件は、本当の意味では、まだ」

「どういうこと？」

不思議そうに呟いた智子に、旅川はまっすぐ向き直って言った。

「智子」

「なに？」

「悪かったよ。製菓作業、いつもまかせきりで……。智子の方が腕がいいのは確かだけど、俺には責任感が足りなかった。当事者だって意識が完全に欠けていたよ」

「や、別にそんな」

智子が少し慌てたように言った。

「わたしの方こそごめんなさい……。なにも言わずに行方不明になるなんて、冷静に考えればひどいよね。やり方が一方的すぎたよ。本当にごめん」

反省してます、と言って智子は悄然《しょうぜん》と頭を下げる。

いい子なんだよな、と旅川は思った。

だから、この先またうまくやっていくためにも、今までとは違う自分を見せたい。

「今後は俺も製菓作業をするよ。気づいたことを話し合って、もっと美味しいわらび餅を作っていこう！　じつは俺、閃いた新メニューがあってさ」

「へっ？」

一瞬、智子が目を丸く見張る。それから気まずそうに苦い色を表情に滲ませた。

「うーん……ありがとう。気持ちは嬉しいよ。でもね、新メニューって、そんなに簡単なものじゃなかったり。今のわらび餅だって相当工夫したものだし――」

話によると、智子が普段使っている材料は、味とコストと消費期限を熟慮した特製品。本わらび粉だけではなく、甘藷でんぷんや馬鈴薯でんぷんなど、様々な粉をバランスよく混ぜた〝智子ブレンド〟なのだという。

「そ、そっか……。やっぱり思った以上に工夫してたんだな」

旅川の胸の中で、膨らんでいた勇気が急速にしぼんでいった。

思えば、物事がそんなにうまく運ぶはずがない。いくらやる気があっても、自分はしょせん製菓については素人。身の程を知るべきだろう。

――下がろう。後ろに引っ込んでいよう。俺にはやっぱり智子の引き立て役が似合ってるんだ。

「うん、そりゃそうだよな。おそらく思うに、俺には無理――」

作り笑いを浮かべて旅川が、そう言ったときだった。

「無理じゃねえよ」

顔を上げると、栗田がこちらをまっすぐ見ていた。

「なんで無理なんだ。やってみればいい」

それは旅川が思わず息を呑むほど、本気も本気の口調だった。どこか怒っているようにすら見える――いや、あきらかに旅川のために腹を立ててくれていた。

熱のこもった口調で栗田は続ける。

「なにかは知らねえけど、智子さんのために閃いたんでしょう？　やっとやる気になったんでしょう？　だったら作ってみなよ。やる前から諦めて、自分で自分を粗末にしてどうすんだ。しっかりしろ！」

隣の葵もうなずく。「わたしも同感ですー。お手伝いしますよ」

「皆さん……」

「ほら。閃いた新メニュー、今ここで形にしようじゃねえか、旅川さん」

なんて熱い男なんだろう。にやりと微笑む栗田に強く腕を引き寄せられて、旅川は泣きそうになりながら「……はい！」と答える。

旅川は冷蔵庫から、ある飲料を取り出すと、他の材料とともにキッチンに並べた。

ミスしないように、栗田と葵が間近で入念に見守っていてくれる。

おそらく思うに、これなら作れる。

いや、この口癖——「おそらく思うに」はもうやめだ。

やってみせる。

——俺にだって、智子をうならせるような品を作ることができるんだ。

旅川は閃いた新メニューを精魂込めて形にしていった。

途中で栗田たちに支援されつつも、製法自体がシンプルで、元になる材料が残っていたこともあり、意外とスムーズに完成する。

それを注いだグラスを差し出すと、智子は驚愕の色を浮かべた。

「えっ？　旅川くん——これって」

「新メニューにどうだろう。わらび餅入りの抹茶ドリンクだよ」

それは先程、散らかった仕込み場所を片づけていたときに閃いたものだった。

智子が段ボールで大量に買い込んだわらび粉――そこには純粋な本わらび粉だけではなく、甘藷でんぷんや馬鈴薯でんぷんなど、様々な原材料のものがあったのだが、その中にふと『タピオカ』という表記を見つけた。

タピオカとは、キャッサバの根茎から精製された、キャッサバでんぷんのこと。

タピオカ入りのミルクティーは広く愛好されている。だったら、それと原料が似ているわらび餅でドリンクを作っても、可能性があるかもしれない。

ベースの飲料は、抹茶をまろやかに牛乳で点《た》てたものだ。グラニュー糖と、小さく切ったわらび餅をそこに入れる。後は味を馴染ませて、できあがりだ。

グラスに注がれた優しい緑色のドリンクを、智子は真剣な顔で眺めていた。

やがて、太めのストローで一口飲んだ瞬間、智子の瞳がきらりと強い光を放つ。

「わっ……」

そして頰を緩めて、ひなたの猫のように彼女は目を細めた。

「美味しーい！」

よしっ、と旅川は拳を握り締めた。

智子は続けざまにドリンクを飲む。

「んー。もともと抹茶とわらび餅は合うんだけど、同時に味わうのがこんなに素敵だなんて！　ほろ苦いお茶とミルクの風味が調和してる。そこにわらび餅の濃厚な甘味が溶け出してて――」

たまらないっ、と破顔して智子はもう一口飲む。

「それにこの黒いわらび餅の柔らかさ！　本わらび粉を使った、とろとろの口どけ！　甘い雲を食べてるみたいだよ。それなのに食べやすいのは……うん、なるほど。表面にきな粉を薄くまぶして、くっつかないようにしてあるからか」

「さっき作り方を教わったばかりだからね」

旅川は少し照れながら答えた。ありがとう栗田さん、と思いながら。

「教わったばかりでこれはすごいよ、旅川くん！　確かにわらび餅だけじゃなく、それを応用したメニューもあっていい。わらび餅入りのミルク焙《ほう》じ茶《ちゃ》とか、豆乳とか、甘酒とか……ああ、夢が膨らむよ。一緒にもっと面白いメニューを考えていこう！」

智子のその言葉に、旅川は心からの喜びを噛み締めて、天を仰ぐ。

やった――。

勇気を出して行動して本当に正解だった。

やがてドリンクを飲み干すと、智子は嬉しそうに旅川の腕の中へ飛び込んでくる。

それは旅川にとって幸せのファンファーレだ。いつまでも胸に留め、今日の気持ちを忘れないようにしたい。

旅川が栗田と葵に感謝の眼差しを向けると、ふたりは少し照れながらも、爽やかな祝福の微笑みを返してくれた。

＊

「えー、昔々、舅《しゅうと》のところでわらび餅をご馳走になった婿《むこ》が、それを家で妻にも作ってもらおうとします。でも婿は残念なことに菓子の名前を忘れてしまうんですねー。作ってほしいものを妻に伝えられません。かろうじて、和漢朗詠集に詠まれているという小ネタだけ思い出した婿は、妻にその詩を朗読してもらって、なんとかわらび餅という名前を思い出します。これが狂言『岡太夫《おかだゆう》』の概要なんですけど――」

流れるようにそこまで語ると、葵は対面の栗田と由加の様子をちらりと見た。

「お、おう……」

栗田はわずかに汗をかいて続ける。「別に、全然問題ねえよ？　続けてくれ」

栗田の隣で、由加もたじたじと言った。

「久々に聞いたけど、相変わらずすごいね、葵さんの独演会。聞いてるこっちはお得な気分だけど」

その日の夜、栗田は葵と由加の部屋に呼び出されて、わらび餅の薀蓄を聞かされていた。

とくに問題が起きたわけではない。

旅川と智子の件は首尾よく解決した。きっと旅川が最後に彼なりの意地を見せたのが効いたのだろう。ふたりは何度もお礼を言い、仲良く栗田たちを見送ってくれた。

だがホテルに着いてから、葵が少し無表情気味にぽつりと言ったのだ。

わたし、今回はちょっと薀蓄を語りきれなかったかもしれません——と。

わらび粉の原材料の話をはじめ、色々語っていたように栗田は思うのだが、本人がそう言うなら仕方ない。こちらで聞くしかないだろう。

浅羽が今回は遠慮するというので、ホテルで夕食をとった後、栗田だけが葵と由加の部屋に呼ばれた。そしてこうして、終わりなき薀蓄を聞かされていたのだった。

静かな咳払いをして葵は続ける。

「さて、その狂言の『岡太夫』——。岡太夫とは、わらび餅の別名でもあります。アカモクという海藻が、別名『海の納豆』とも呼ばれてるようなものですねーって、ちょっと違いますけど。でもなんで岡太夫という名前なのでしょう？　狂言によると、醍醐《だいご》天皇《てんのう》がわらび餅を大層好み、これに太夫の位を与えたからだそうです。太夫というのは当時の役人の称号で、わりと大抜擢《ばってき》なんですよ。やー、それくらいお気に入りだったんですねー」

「そ、そうか……」

栗田は葵の薀蓄を必死に脳裏に刻みつけながら、息を吐く。

既にずいぶん大量の話を聞かされ、頭が限界に近づいていた。少し情報を整理する時間が欲しい。だが眼前の葵は水を得た魚のように、まだまだ語る気まんまんなのだ。放っておいたら夜通し喋り倒すかもしれない。

――薀蓄を聞くこと自体は好きなんだけどな。少し休ませてくれ……。

栗田が額を押さえていると、ふいに誰かがホテルの部屋のドアをノックした。

「はーい」

ここぞとばかりに由加が立ち上がり、ドアを開けると「ボンソワール」といかにも人を食ったフランス語の挨拶が聞こえる。

部屋に入ってきたのは、タブレットPCを小脇に抱えた浅羽だった。

「なんだよ。今回は遠慮するんじゃなかったのか？」

栗田が訊くと、浅羽は持参したタブレットPCを壁際の机に設置して言った。

「たった今、編集が終わったからさぁ。暇人たちに見てもらおうと思って」

「あ？　編集ってなんの」

「そりゃもちろん、栗田のPR動画に決まってるじゃん」

思いがけない浅羽の言葉に、栗田は目を丸くする。

「……マジで？　今までそれ作ってたの？」

暇人はおまえ以外の何者でもねえよ、と栗田が半眼で思っていると、浅羽はアッシュグレーの髪をさらりと掻き上げて、

「これでも俺、仕事できるからねぇ。店の宣伝に使うなら、早めにあった方がいいでしょ。さぁ、葵さんも由加も遠慮なく見なよ。俺が作った〝親友〟栗田のプロモーションムービー」

そんなことを言う。

「ひゃー、すごい興味あります」

「胸ワク止まらーん！」

葵と由加がふたり並んでタブレットPCの前にすばやく陣取った。

「……まったく」

栗田は黒髪をくしゃりと掻き回す。

この流れなら、自分も視聴するしかないのだろう。葵の薀蓄独演会は、なめらかに動画鑑賞会へと移行し、浅羽が意味深な表情でタブレットＰＣを操作する。

そして全画面表示で映像が流れ始めた——。

＊

頭上に青空。周辺の芝生には数多《あまた》の鹿。

画面中央に映っているのは、奈良国立博物館へ向かって歩く栗田だった。

どこか苛《いら》立《だ》ちが滲む（まるで勝手にカメラでも向けられているような）その横顔は有り体に言って剣呑《けんのん》だ。

そこに突然、異常なほど毒々しい書体のテロップが重ねられる。

『元伝説の不良——浅草の鬼こと栗田仁とは、どんな男なのか？』

直後に画面外から、インタビュアーの加工された声が聞こえてきた。

『栗田さん、おはようございます。本日はよろしくお願い致します』

――うるせぇよ。いいねいいねじゃねぇよ。

一瞬の沈黙の後、姿なきインタビュアーの内面が加工音声で語られる。

(理由は不明だが、栗田には最初から我々への敵意が満ちていた。これが触るものをみな傷つける元不良の攻撃性なのだろうか？)

――やかましいわ！

(なんだ？　まるでこちらの考えを読んだかのような突然の一喝に、我々スタッフは震え上がる。内心怯えながらも、息を殺して静かに次の質問をした)

『栗田さん、ともかくまずは簡単に自己紹介を……』

――あ？　なんのＰＲだよ。

――俺、別にそういうタイプじゃねぇからな。

(栗田が反社会的な人物だという噂は聞いていたが、これほど非協力な態度を取られ

るとは思わなかった。雰囲気を変えようと、我々はより軽い質問を投げかける）

『じゃあその、栗田さん。好きな食べ物とかあります？』

——**パエリアとかピザとか。**

——**盗まれた百万円。**

——**ちょっと食べてく？**

（パエリアとピザはいいとして……百万円？　本当に、どういう神経の持ち主なのだろう？　盗んだお金を堂々と好きな「食いもの」だと言い切ってしまう栗田のメンタル。そして、軽々しく悪事に誘うその倫理観に、我々は恐怖を禁じ得ない）

『栗田さん、そんな生き方で……辛《つら》くはないんですか？』

——**無理じゃねえよ。**

——**こういうのも、じつは意外と気持ちいいもんだからな。**

（ああ、と我々は手で顔を覆った。この男には、もはやなにを言っても無駄なのだろう。人としての良心を持たない伝説の鬼、栗田仁……。我々は絶望を覚えながらインタビューを打ち切り、彼の前から去った——）

THE　END

＊

浅羽の作った動画はそこで終わっていた。タブレットPCの前で、栗田も葵も由加も凍りついたように口をきかず、ホテルの一室は静寂に包まれている。

浅羽の編集技術による、ブラックジョークを通り越した捏造《ねつぞう》。栗田を知らない人が見たら、とんでもない誤解をすること間違いなしの、負のPR動画だった。

やがて栗田が、ふうっと長い息を吐き出した。

その表情には、かつて浅草の不良たちを恐れさせた荒ぶる鬼が宿っていた——ように見えた者もいたかもしれない。皆の顔から血の気が引いていく。

栗田は無言で指の関節をぱきぱきと鳴らした。そしてゆっくり深呼吸すると「構わねえよ」と呟く。

「え？」

ふっと苦笑して栗田は言った。

「――こういうのも、じつは意外と気持ちいいもんだからな」

葵と浅羽と由加が、真顔であんぐりと口を開けた。

栗饅頭《くりまんじゅう》

旅行三日目――連休最終日は、抜けるような秋晴れだった。

初日は太子の蘇をめぐる騒動に巻き込まれ、翌日はわらび餅の厄介事に関わることになり、古都の情緒にしっとり浸るような旅では全然なかったが、そもそも浅羽と由加が現地で合流した時点で、そんなのは夢物語だ。

きっと今日も、四人で賑《にぎ》やかな一日を過ごすことになるのだろう。

それはそれで悪くない。もともと彼らの善意でプレゼントされた旅行だ。

栗田たちは今日の夕方、奈良から京都に戻り、そこから新幹線で東京へ帰ることになっている。そして明日からは、またいつもの日常が始まる。

だったら、その前に思う存分、非日常的な体験をしておこう――。

と、そんな意図のもと、栗田たちは今、並んで五《ご》重《じゅう》塔《のとう》を見上げていた。

青空を背景に屹立《きつりつ》する五層の巨大な仏塔には、教科書の写真などとはまた違う、身に迫るような荘厳さがある。

「やー、ついにこの目で見てしまいましたねー」

葵が感嘆の声をあげた。

「もともと著名ではありますけど、実物を見ると感動もひとしおです。あの木材の渋い感じとか、シルエットがすごく端正なところとか」

「ああ、言えてる」

隣で栗田は相槌《あいづち》を打って続けた。

「なんかこう、ぴっと芯が一本通ってる感じするよな」

すると葵がこくりとうなずく。

「どんな地震でも倒れなかった理由は、そういうところにあるのかもしれませんね。機能と美しさの一体化といいますか、ある意味、和菓子の世界にも通じるものを感じます。はぁ……そう考えると、ますますたまりません。わたしもいつかこんな塔を庭に建てたいです」

「え？」

一瞬戸惑いつつ、でもまあミニチュアの塔くらいなら建てられないこともないかと栗田は思い直す。それくらい造形物として魅力があった。

いつも軽口ばかり飛ばしている浅羽も、お喋りな由加も、今は無言で五重塔に見入っている。

法隆寺は奈良駅から程近い法隆寺駅を出て、斑鳩町《いかるがちょう》の閑静な風景の中を二十分ほど歩いた場所にある広大な仏教施設だ。言わずと知れた聖徳太子《しょうとくたいし》こと厩戸皇子《うまやどのみこ》ゆかりの名所で、ユネスコの世界文化遺産にも登録されている。

せっかく奈良に来た以上、見ないで帰る手はないということで、ホテルをチェックアウトした栗田たちは、今日は朝からここへ足を運んだのだった。

事前に調べたところによると、もともと法隆寺は用明天皇《ようめいてんのう》が自らの病気の平癒《へいゆ》を祈って造立しようとしたものだという。

だが残念なことに実現する前に崩御してしまった。

それで息子の聖徳太子こと厩戸皇子――長いので以下より太子と表記する――と、推古天皇《すいこてんのう》がその遺志を継ぎ、六〇七年ごろに完成させたと言われている。

現在の法隆寺は、大きくふたつのエリアに分かれていて、それぞれ西院伽藍《さいいんがらん》と東院《とういん》伽藍という。

伽藍とは寺院の建物群のことだ。

西院伽藍は、寺の玄関に当たる南大門の正面に位置し、現存する世界最古の木造建築物である五重塔や、鞍作止利《くらつくりのとり》による釈迦三尊《しゃかさんぞん》像が祀られた金堂などで有名だ。

東院伽藍は、もとは太子が住んで生活していた斑鳩宮《いかるがのみや》があった場所。太子の死後、政敵である蘇我入鹿《そがのいるか》に一族が滅ぼされ、斑鳩宮は荒れたままになっていた。

だが、それを嘆いた奈良時代の僧侶、行信《ぎょうしん》が太子の供養のために伽藍を創建する。

つまり東院伽藍は太子信仰の聖地でもあるわけだ。

回廊の中心には美しい八角円堂が建ち、その中には秘仏の救世観音《ぐぜかんのん》が安置されている。これは太子の等身像だとも言われているという。

いずれにせよ、寺院内のどこを見ても古代に思いを馳せることができ、栗田は不思議な感情に浸った。

まるで束《つか》の間《ま》、意識だけが古代にタイムスリップしたような――。

そして考える。その頃、自分と葵が出会っていたら、どんな関係だっただろう？

葵はやはり皇女だろうか。

自分は――なんだろう？

当時の日本に和菓子屋はないだろうから、やはり皇族を守る兵士あたりか。

――兵士か……。やれなくはねえけど、戦国時代と違って防具も発達してなさそうだしな。流れ矢とかに当たって、ころっと呆気なく死んだら無念すぎるぞ。

そんなことを考えて、栗田は仏頂面で軽く頬を掻く。

なんだかんだで、やはり現代の日本はいいと思った。

生きにくい世の中だと盛んに喧伝《けんでん》する者もいるし、それはある意味では正しいのかもしれないが、古代の日本に比べれば格段に平和で豊かな楽園だろう。

もちろん「だから現代の生きにくさを受け入れよう」なんて主張をする気はない。人は生きたいように生きるべきだ。そして、なにかを社会に要求するなら、たぶん古代人と同様、なんとかしてそれをしかるべき相手に認めさせ、望む形の勝利を引き出す必要がある。

その際、どんなやり方を採択するかによって、人としての品格が問われることになるのだろう。まあ、世の中は往々にして灰色決着が多い気はするが。

そんな考えを巡らせながら、泥土を固めて作った塀——築地塀《ついじべい》というらしい——に挟まれた長い石畳の道を歩いていると、隣の浅羽がだるそうに口を開いた。

「でもさぁ、考えてみればキモくない？」

「あ？　なんだよ唐突に」

栗田が面食らって尋ねると、浅羽が片手を蝶《ちょう》のようにひらつかせて言う。

「だって俺たちが今ここにいるってことは、飛鳥時代に先祖がいて、生きてたってことでしょ？　運ばれてきてんだよ、ＤＮＡ」

「ん……」

確かにそうだ、と栗田は思う。

タイムスリップ云々《うんぬん》ではなく、自分の先祖が実際に現実に、当時の日本で暮らしていた——。そのことを身に引きつけて想像すると、本当に不思議な気分になる。

「でもよ、それのなにがキモいんだ？」

「ったく、想像力ないね、栗田は。飛鳥時代に生きてた俺らのご先祖様、とんでもなく不便な生活してたんだよ？　毎朝シャワーとか絶対浴びてなかったでしょ。せいぜい川で水浴びする程度。昨日も明日も同じ服着て、同じ食器でメシ食ってさぁ。衛生観念、欠如しすぎだよ」

「……当たり前だっつの」

栗田は思わず目をすがめた。「その時代は、それが普通だったんだよ。なんでもかんでも今の自分を基準に考えんな。おまえだって未来人から見れば古代人なんだよ」

「あー、でもさ、でもさ！」

ふいに由加が嬉々《きき》として口を挟む。

「身分が高い人なら事情は違うんじゃない？　女性天皇もいた時代だし、あたしのご先祖様なら、きっと相当セレブだったと思うんだよね。毎日、すっごい贅沢三昧《ぜいたくざんまい》してた気がする！」

「……おまえは何様なの？」

自己評価が高すぎだよ、と呆れながら栗田は続けた。

「由加は間違いなく村の農民の娘。都に憧れてひとりで旅に出るんだけど、途中で道に迷ったり、めんどくさくなったりで結局はUターン。でも村の人たちには『余裕だったわー。都なんて、全然大したことなかったわー』みたいに吹かす感じ？」

「うわ！　なんかそれ、すっごいありそう……」

目に浮かぶようだよ、と由加が額を押さえ、隣の浅羽が気怠げに笑う。

「はは。いいじゃん。村の人たちにも見透かされてそうで、意外とモテる愛されキャラだよ。でも、そういう栗田は？　山賊？　野盗？　それとも追いはぎ？」

「あぁ？　俺は――」

「栗田さんは歌人、一択ですよねー」

ふいに葵が屈託なくそう言い、栗田はがくっと膝が砕けそうになった。

「……歌人違う」

「でも栗田さんって風流人ですし、他に思い当たるものが」

「俺、そんなに職業選択の幅、狭かった……？　つか、葵さんの気持ちは嬉しいけど、俺マジで風流とかわかんねえんだよ。自分、不器用だから。『世の中は、なにか常なる飛鳥川《あすかがわ》、昨日の淵《ふち》ぞ、今日は瀬になる』――とか唐突に詠んだりしねえから」

「きゃー、出たー！　栗田さんの不意打ち風流ー！」

葵が目を輝かせて、興奮気味に片足でぴょんと飛び跳ねる。

「飛鳥川って、やっぱり奈良県を流れる川なんでしょうか？　世の無常観を表現した歌なんでしょうか？　さらりと口をついて出る教養に、わたしの気持ちは乱されまくりです！」

「ん、悪いな。つい調子に乗っちまって」

本当に、決して和歌に詳しいわけではないのだった。

ただ、葵に期待されると無性に期待に応えたくなり、頑張って頭の中をさらうと、学生時代に教師が口ずさんでいた和歌をふと思い出せたりする――ただそれだけ。

歌の内容は『世の中に変わらないものなんてあるだろうか。飛鳥川の流れも昨日は淵だったところが、今日は浅瀬に変わっている』くらいの意味だったと思う。

「栗田すげー。葵さんの前で、いいとこ見せまくりじゃん」

にまっと目を細める浅羽を「うるせ。黙ってろ。その辺を飛んでるトンボでも追っかけてろ」と栗田が素っ気なくあしらったときだった。

ふいにポケットの中のスマートフォンに着信がある。

「こんなときに誰だよ――はい、もしもし？」

勢いで、つい相手を確認せずに栗田は電話に出る。どうせマスターや中之条あたりだろうと思っていたが、予想は外れた。

「こんにちはー」

受話口の向こうで聞き覚えのある声がして、栗田はつい眉を寄せる。

「……上宮？」

「バカンスを楽しんでますか、栗田仁くん」

耳に心地いい飄々としたその声は、間違いなく上宮暁だった。栗田は答える。

「まあな。今、法隆寺を絶賛観光中だよ。でもなんで俺の番号知ってるわけ？　教えた覚えないいんだけど」

「妹に聞きました」

上宮が即座に言った。

聞いたんじゃなくて勝手に見たんじゃないのか？　と、こちらが言うのをいかにも誘うような口ぶりだったので、栗田は「おまえ、普段から妹にもっと優しくしろよ。今度ケーキバイキングとかに連れていけ」と返す。

受話口の向こうで、上宮がくすっと楽しそうに笑う気配があった。

「そうですね。じゃあ考えておきます。ところで栗田くん、僕も今、斑鳩町に来てるんです。よかったら合流しませんか？　直接会って伝えたいことがありまして」

「は？　電話じゃだめなのかよ――って待て。確かに妹の瑠夏さんには連絡先を教えた。でも今日、斑鳩町に行くってことまでは知らないはずなんだけどな」

「ああ、そちらは今日、キッチンカーのおふたりに聞きました」

「って、旅川さんと智子さん？」

そういえば、あのふたりには雑談ついでにぽろりと言った。ええ、と上宮が答える。

「というわけで待ち合わせしましょう。場所は南大門の前でいいですよね？　法隆寺にいるなら、あそこを通って帰るのでしょうし」

「あ、おい――」

「あなたは断らないことが僕にはわかる。それではまた後でー」

そこまで告げると上宮は電話を切ってしまい、栗田は通話の切れたスマートフォンを苦い顔で眺める。

「……まぁいいか」

こちらも東京に帰る前に、もう一度話したいと思ってはいたから、そういう意味では都合がいい。もしもまた厄介事を押しつけられそうになったら、逆にその機会を利用するつもりでいる。意図を問《と》い質《ただ》す名目で、さりげなく探り出そう。

葵と昔なにがあったのか。

上宮がここまで栗田たちに関わってくるのは――もちろん、ただの遊びという線もあるが――普通に考えれば、なにか目的があるからだろう。

そしてそれはやはり、葵に興味があるためではないかと栗田は思うのだった。

古都での思いがけない再会により、上宮は少年時代の葵への思慕の念を思い出した。それに駆られて、今はなんとか再接近しようと試みているのでは？

わざと迂遠《うえん》な方法をとっているのは一種の予防線。ソフトに少しずつ接触の機会を増やし、この先、東京に戻ってからもコンタクトを取るつもりでは？

――考えすぎだろうか？

ともかく、そういう意思を感じたら、自分と葵が交際している事実を何度でもはっきり告げればいい。

「今の電話、上宮さんですね？」

葵が眉根を寄せて栗田をちらりと見た。

「なんて……？」

「ん。合流させてくれってさ。直接会って伝えたい話があるって言ってた」

栗田は電話の内容を説明すると、皆で上宮との待ち合わせ場所へ向かった。

*

今日も薄い和風のコートを重ねたような独特の服を着ていたので、すぐにわかる。

栗田たちが南大門をくぐって法隆寺の外に出ると、既に上宮暁が石段の下にいた。

こちらに気づいた彼は体重を感じさせない静かな歩調で近づいてくる。正面まで来ると、透明感のある薄茶色の瞳をまっすぐ栗田に向け、清澄に微笑んで言った。

「こんにちは、意外と早かったんですね。──『いつから待ってたんだ？』とあなたは考える。ではお答えましょう。今さっき来たばかりですよ。斑鳩町には知り合いが多いので、挨拶に行ってました」

彼の言葉どおりのことを訊こうと思っていた栗田は一瞬、面食らった。

「……まめなんだな。帰省してわざわざ挨拶回りか？」

「初日の一件で、かなり時間を使ってしまいましたからね。あれは自分でも想定外というか──まあ、僕の悪い癖です」

太子の蘇の事件のことを言っているのだろう。

上宮はどこか翳《かげ》りを帯びた表情で、「僕には探し物があるんです。先日、ちょっとした話を東京で耳にして、地元でいくつか確認していたのですが」とよくわからないことを言って続ける。

「八苦のひとつ、求不得苦《ぐふとくく》は欲しいものが得られない苦しみ。色々と手放したつもりでも、執着を捨て去るのは難しいですね」

「はあ」

あきらかにこちらの理解を求めていない独白めいた言葉に、栗田は鼻白んだ。

だが思わせぶりにしては、妙に実感がこもっている気もする。

「別に捨て去ることないんじゃねえの。なにかは知らねえけど、欲しいなら欲しいでいい。素直になれよ」

すると上宮は一瞬、ぱっちりと目を丸くした。それから数回まばたきして、

「うん——。そうなのかもしれませんね」

と、どこか無邪気そうにくすりと微笑んだ。

どういう性格なのかいまだに摑めず、栗田は無意味に髪を掻き回して尋ねる。

「で？　用ってなんなわけ」

「あぁ、そのことなんですけど」

今までの話はまた面倒事に巻き込むための前振りなんじゃないのか、と栗田は内心思っていたが、上宮は意外な行動に出る。両手の人差し指を自分の頬に向け、にっこり破顔してこう言った。

「どうもありがとう」

「……いきなりなに？」栗田はたじろいで上半身を引く。

「やだなぁ、昨日の件に決まってるじゃないですか。直接会ってお礼を言いたかったんです。キッチンカーの旅川さんと智子さんの件、解決してくれたんでしょう？」

「ん、ああ――」

思い起こせば、あの件はもともと上宮から託されたメモ用紙のメッセージが気になってその場所に向かい、結果的に関わることになったのだった。

中し訳なさそうに細い眉を下げて上宮が語る。

「本当は僕自身が解決してあげられたらよかったんですが、これは時間がかかりそうだと思って、ついバトンタッチしてしまいました。まぁ、葵くんなら僕よりいい形で助けてあげられる気もしましたし、なにより博愛主義者ですし」

「やー、別にわたしはそういうのじゃありませんよー。あと、これといってなにもしてません」

葵が横からすばやく言った。

「あれはなんというか、ぐるぐる回って結局、出発地点に戻ってくるような一件でしたからね。唯一、意味のあることをしたのは栗田さんですよ。わたし、あのときはしびれました！　栗田さんの男気に打たれて、旅川さんは精神的に飛躍したんです」

「そうなんですか？」

「ええ、それはもう、見どころ満載でしたよ。男たちの熱い剝き出しの魂が触れ合ったって感じで――くはー！　最高のひとときを味わいました。いうなれば――」

なおも続く葵の熱弁に、上宮は戸惑いながら苦笑している。

そんなふたりの様子を眺めつつ、栗田は唇を引き結んで考えた。

上宮が葵に恋愛感情を抱いているかどうかは、まだわからない。だがこうして律儀に礼を言いに来るくらいだ。葵が前に言ったとおり、悪いやつではないのだろう、と。

葵と上宮――両者とも傑出した才能を持つ点は共通。

困っている誰かを無視できない点も共通。

ただ上宮には、わりと気まぐれで難しい部分があり、相手の虚偽を見抜いたら、おだやかにそっぽを向く。なんとなく、優れた者は多少自由に振る舞っても許されると思っていそうだ。

天然ではあるが、天然の一言では表現しきれない経験的な翳りも感じさせる。

もちろん彼が腹の底でなにをどう考えているのか、本音は不明だが——。

「まああ立ち話もなんですし、近くに馴染みの和菓子屋があります。そこでお礼に大福でもおごりましょう。歩き回った後は、餡の甘さも一段と身に染みますよ」

上宮が栗田に顔を向けて言う。確かにここで長々と話すのも妙な感じだ。

「おう。じゃあ、そうするか。俺らは自分で払うけど」

「了解。では行きましょう」

上宮に案内されて、栗田と葵と浅羽と由加は、土産物店が並ぶ道を歩き始める。

朝早くホテルを出たこともあって、日はまだ高かった。

午後は長い。帰りの時間まで、あと何箇所か名所を巡ることができそうだ。

上宮との話が済んだら皆で薬師寺あたりに行ってみるか——などと栗田が考えていたとき、ふいに前方の角を曲がって小走りに男が現れる。

縁の細い眼鏡をかけた、五十代くらいのダンディな男性だった。シャツの上にネイビーのジャケットをまとい、両手で大事そうに大きな紙袋を抱えている。

彼は最初、バス停の辺りを見ていたが、こちらを向くと表情を変えた。

「先生！」

その男はよく響く声で口走ると、息せき切って栗田たちの方へ駆けてくる。

栗田の横で上宮が「あー、見つかっちゃったか」と面倒臭そうに眉間を揉んだ。

男は栗田たちの前まで来ると、上宮にお辞儀する。

「先生！　よかった、うまいこと会えて！」

「なにもそんなに走ってこなくても……。でも、よくここがわかりましたね？」

呆れたように上宮が言うと、男は額に浮かべた汗もそのままに答える。

「瑠夏さんから帰省してると聞いて、片っ端から知人に電話しました。まさか斑鳩町に来てたなんて」

近くで見ると、男はひどく汗をかいていて、呼吸の乱れ具合も多少走ったくらいではなかった。外見こそ普通だが、さながら逃亡者という雰囲気。

──一体なにをやらかしたんだ……？

抱えた紙袋の中に大量の現金でも入っていないかと思って、栗田は上宮に尋ねる。

「なあ。どなた？」

「あ、この方は霜山《しもやま》さんという、ちょっとした知り合いです。どう表現すればいいんでしょうね。手っ取り早く言うなら──僕のストーカー？」

「違いますよ」

霜山と呼ばれた男が少し不満そうに異を唱えた。

「でもまあ……そう表現されると肩身が狭いな。とくに弟子入りを認められたわけでもないですしね。ただ、なんとかして例の秘訣《ひけつ》だけでも教えてもらえれば」

「……うーん」

上宮が困った様子で瞼を閉じてぼやく。

「何度も言いましたけど、僕は弟子を育てるほどの人間じゃないんですよ。和菓子職人はとっくに辞めてしまいましたし、秘訣なんてものもありません。実際の話、あなたの抱えている問題は――」

と、上宮がそこまで言ったときだった。再び前方の角から男が現れる。

今度は四人いた。全員男性で、年齢は霜山と同じくらい。五十代から六十代というところだろう。ヤクザ系の強面で、皆それなりに貫禄《かんろく》があってスーツ姿だ。

「いたぞ！」

彼らはそう言うと、一斉にこちらへ駆けてきた。

霜山が「まずい」と呟いて、あからさまに浮き足立つ。

この霜山って人は、あの連中に追いかけられてたのかと栗田は思った。詳細は不明だが、大事そうに胸に抱えている紙袋となにか関係があるのだろう。

とはいえ、必死に逃げている人を無理やり相手に引き渡すのは気が引ける。

「どうする、上宮?」

栗田がすばやく訊くと、上宮は一瞬考えて言った。

「……ここで顔を付き合わせても、ろくなことにならないでしょうからね。まあいいか。ちょっと行って、僕が彼らと話してきます」

「ちょっと行って?」

なにか気になる言い方だと栗田は感じた。

すると我が意を得たりというふうに、上宮が軽く目くばせして答える。

「飛び道具として、時間稼ぎをしてくるという意味です。その間に、皆さんは霜山さんを連れてここから立ち去ってください。また後で合流して、ゆっくり話しましょう。葵くん、お願いできますか?」

ここで葵さんに振るのか、と内心舌打ちしたくなりながら栗田は彼女を見る。

「——そうしましょう」

葵が性格上、困っている霜山を見捨てないと踏んでいたのだろう。彼女がうなずくと、上宮が満足そうに目を細めて言う。

「ありがとう。大丈夫ですよ。僕のことは心配いりません。一度に多人数と話ができますからね。四人程度なら、なんの苦労もなく――」
「はいはい、うるせえよ。別に心配してねえよ。さっさと行ってこい」
栗田が素っ気なく突き放すと、上宮は「つれないなぁ……」と前方へ歩き出す。
ヤクザのような怖い顔をしたスーツ姿の四人が立ち止まり、上宮と話し始めた。そ
れを契機に、栗田たちは霜山を連れて足早にその場を離れる。
そのとき、霜山が抱えている紙袋の中がちらりと見えた。
袋には白っぽい木箱が何個か入っていた。

*

住宅街の入り組んだ道を抜けた先に、広葉樹が点々と枝を広げる公園がある。
その公園のベンチに腰掛け、栗田たちは霜山の事情に耳を傾けていた。
霜山省吾《しょうご》、五十二歳。
現在、奈良市内の和菓子屋の見習いとして、勤務中だという。
「お見苦しいところを見せてしまって申し訳ない。上宮さんには何度も個人的に弟子
入りを頼んでは断られていて……。あの人は関西の和菓子業界では、知る人ぞ知る伝

説なんだ。今はもう身を引いてると言ってますが、それでも実際に会うと、いろんな知識と示唆を与えてくれます」

「わりとサービス精神旺盛に見えますよね、あの人」

葵が困ったような笑顔で言うと、霜山は「ええ。先日、東京に助言をもらいに行ったときは、喫茶店で小一時間ほど講義をしてもらいました」と答えた。

好奇心を刺激されたのか、葵が目をぱちぱちさせて尋ねる。

「はあ。どんな講義なんですか？」

「人を構成する五つの要素——五蘊《ごうん》だったかな？　そういった抽象的な概念になぞらえて和菓子作りの本質を解説する、というような内容です。まあ、どう製菓に活かせばいいのか私には正直、見当もつかなかったが、話自体がとても面白くて」

葵と霜山のやりとりを聞きながら栗田は考える。

——東京まで話を聞きに行くこの人は、もちろんすごい熱意だが、そこまでさせる上宮って本当にどういうやつなんだ……？

一度、彼の作る和菓子を食べてみたいと思った。今となっては難しいのだろうが。

「でも、それはそれとして」

ふいに由加がベンチから立ち上がって口を開いた。

「霜山さん、なんでヤクザのおじさんたちに追いかけられてたんですか？　もしかして大事なものを……その、根こそぎ持ってきちゃったりとか？　例えば組の上納金に手をつけて――」

そう言って、由加はベンチに置かれた意味深な紙袋をちらりと覗き込む。

すると霜山が「ははっ！」と吹き出した。

「いやぁ、確かに人相は悪いが、彼らはヤクザじゃない。れっきとした堅気の人間ですよ。あれでも一応、会社役員だから」

「え？」

「四人とも、私の兄です」

その言葉に、由加はもちろん、栗田も葵も意表をつかれる。

霜山が言うには、こうだった――。

彼の親族は、小さな会社を経営している。

事業内容は化粧品と医薬部外品の通信販売。同族経営で、役員は霜山家の者で固められており、つい最近まで自分もその中のひとりだった。

霜山が会社を辞めたのは、そこが典型的なブラック企業だったからだ。

「なんと言えばいいのかな……。若い社員を薄給で、とにかくこき使うんですよ。深夜まで残業させておいて、その分のお金は払わない。でもね、私の親族はみんな役員だから、ほとんどなにもせずに高額の報酬を受け取るんだ――」

ひどい話です、と霜山が呟き、葵が悲しげに眉根を寄せる。

「やー、現代の闇ですね……。心が痛みます。ただ、持てる者の立場にいた者がそれを自ら投げ打つのは、勇気がないとできないことだと思いますよ」

「いや、そんな――勇気だなんて」

霜山が口もとを押さえて続けた。

「私はただ、生の実感が欲しかっただけです。生きてるのに、死んだような毎日を続けるのが辛かった。廊下で従業員とすれ違うときの、あの冷えた目を思い出すと、今でも口に苦いものが込み上げますよ。なんとか会社のブラック体質を変えようと兄たちに抗議しても、多勢に無勢で毎回やり込められて……。当時はどこを向いても景色が灰色に見えました。次第に会社に行くのが憂鬱になりましてね」

ベンチに座った霜山が俯き、深い溜息をついて続けた。

「ある日、急に気持ちの底が破けたみたいに我慢の限界が来て、それからすぐに辞表を提出しました。その後、知人のやってる和菓子屋で働き始めたんです。昔から憧れがありましたし、私には妻も子供もいないから、この際、生まれ変わったつもりで思いきりやってやろうと……。まだ見習いなんですが、今は毎日充実してますよ。これは本音。自分がまともに生きてると思えるのって、やっぱり気持ちいいもんです。職場がブラック企業じゃ、たとえ立場が役員でも生き地獄だ」

「そうだったんだ……」

由加が小声で神妙に言った。「でもなんか、お金とは違う自分の信念がある人って、いいですね。あたし憧れるかも」

「はは、若い人にそう言ってもらえるのはありがたい。でもね、私の兄たちにとってはそうじゃないらしい。むしろ逆です」

「え？」

「滑稽にも程がある。みっともない真似はいい加減にしろって、事あるごとに言いに来るんですよ――」

今日は勤務先の和菓子屋が休みだったから、好機だと思ったのだろう。自宅マンションで製菓に勤《いそ》しんでいた霜山のもとに、兄たちは突然押しかけた。

そして、和菓子屋の仕事なんか早く辞めろと、いつもの説教を始めたのだという。

最初こそ我慢していたが、霜山は次第に耐えられなくなってきた。やがて、作った和菓子を箱に詰めると、紙袋に入れ、胸に抱えて逃げ出したのだと彼は語った。

「だが、まさか兄たちがここまで追ってくるとは。日頃から、よっぽど腹に据えかねていたんでしょうね」

「それがさっきのあの光景か……」

栗田が呟くと、霜山はこくりと首肯した。

あの四人にとっては霜山の意志より、面子《めんつ》や世間体の方が大事なのだろう。

今まで自分たちと同様の役員だった者が、突然和菓子屋の見習いとして働き始めたのだ。会社の従業員に示しがつかないと思っているのかもしれない。

それが連中にとってのプライドか、と栗田は苦い気分で考える。

霜山は両手を軽くこすり合わせて、再び口を開いた。

「じつのところ上宮さんは、私の説得を兄たちに頼まれている……。搦《から》め手《て》が得意なんだ、うちの兄たちは。私が心酔する上宮さんが諦めろと言えば、和菓子屋の仕事を辞めるとでも思ってるんでしょう。もちろん、上宮さんはそんなことしません。かといって、私の味方をしてくれるわけでもないんですけどね」

「……あの人らしいですね」

葵が複雑そうに眉尻を下げた。「たぶん今頃、思わせぶりなことをまくし立てて、皆を混乱させてる気がします」

「ああ。確かにそんな感じするな」

栗田はそう呟き、ポケットからスマートフォンを取り出して眺める。連中を巻いたら合流すると言っていたから、そのうちかかってくるはずなのだが——。

と考えた瞬間、着信があった。栗田は電話に出る。

「もしもし？　上宮？」

「いやー、ようやく煙に巻けました。今どちらですか？」

栗田が公園から見える風景を軽く口にすると「では、そこへ向かいます」と上宮は言った。一を聞いて十を知るような感があり、とても理解が速い。

「積もる話はそのときに。皆にまとめて説明した方が手っ取り早いですからね」

「わかった。尾行とかされないように気をつけろよ」栗田は忠告した。

「心配ご無用。僕は耳がいいんです。自分を追う足音くらい聞き分けられますから、大丈夫ですよ」

「そうかい」

栗田は電話を切る。

上宮がこの公園に向かっていることを皆に伝えると、霜山はあからさまな喜色を浮かべた。急にそわそわし始めて、「そうだ！」と声をあげる。

「皆さんにはずいぶんお世話になったし、お礼をしたい。これを――」

霜山はベンチに置いてあった紙袋から、ごそごそと小さな木箱をひとつだけ取り出すと、自分の膝の上に載せた。

初見の際、やけに大事そうに抱えていたのが印象的で、栗田は中に札束でも詰まっているような気がしたのだが、実際は全然違った。

霜山がその箱を開けると、中には和菓子が入っていた。

表面がつやつやと茶色い、可愛らしい栗饅頭が三個ほど並んでいる。

「……栗饅頭？」

気の抜けた栗田が「なんでまた？」と呟くと、霜山は照れ笑いを浮かべて答える。

「上宮さんが帰省してるなら味を見てもらおうと思って、今日、家で作ってたんですよ。その後、兄たちが突然押しかけてきて」

「なるほど」

「ひとつは上宮さんの分ですが、残りのふたつを皆さんで半分ずつ――いかがですか？　じつはこれ、特別な栗饅頭でして」

「へえ。店の名物とか？」

「いえ、もっと個人的なものです。上宮さんから製法を教わった、オリジナルレシピの栗饅頭」

栗田は思わず背筋を伸ばした。

――まさかこんなところで、やつの和菓子を食べる機会に恵まれるとは。

霜山が少し恥ずかしそうに首の後ろを撫《な》でて言う。

「東京まで会いに行ったり、諦めずに何度も頼んだからでしょう。レシピだけならと言って、教えてくれたんです。正しい材料と作り方で誰でも同じ味を再現できる。だからこそ製菓はサイエンスなのだと言っていました」

「ん。それはまあ――一理あります」

栗田も理工学部出身だから馴染み深い考え方だった。科学も製菓も、特別な誰かの特殊な能力ではなく、再現性が重要視される面がある。その視座に立って考えると、この栗饅頭を作ったのは霜山であり、同時に上宮でもあるのだろう。

栗田は慎重に尋ねる。

「……いただいてもいいですか？」

「もちろん。遠慮せずに召し上がってください」

霜山の言葉に、栗田と葵は無言で顔を見合わせた。

その場のわずかな緊張を敏感に感じ取った由加が、すばやく言う。

「あたしはいいから、栗くんと葵さんで全部食べなよ。ね、浅羽くん？」

「俺は最初から食う気なかったよ。腹減ってないし」浅羽が肩をすくめた。

「ん」

――だったら遠慮なく食べさせてもらおう。

栗田は丸みを帯びた俵型の栗饅頭をそっと手に取り、口へ持っていく。

歯を立てた瞬間、艶のある表面がさくっと破れて、生地の香ばしさがふっくらと広がった。

薄皮だから、すぐに餡が出てくる。ぽってりした濃厚な甘さの栗餡だ。

白餡に刻んだ栗を混ぜたのではなく、栗の甘露煮を裏ごしして弱火で練り上げたものであろうそれは、ほくほくしていて秋の思い出が凝縮したように甘く、遠く切ないような境地に栗田を誘う。

だが、ふいに驚かされた。濃密な栗餡の奥に、なにかが仕込まれていたからだ。

――なんだこれ。

餡の中心から唐突に、とろりと柔らかな餅が出てきた。求肥餅だ。

ふわっとしていて溶けるように伸びる。風味はきな粉だが、甘いだけではなく塩がよく効いていた。その塩気が、ほっこりした栗餡の甘さを絶妙に引き立てる。

「これは――」

栗田が顔を向けると、葵は口もとを押さえて両目を見開いていた。

何度か咀嚼して飲み込むと、彼女は声を大にして両手を軽く上げる。

「やや！、斬新！」

「……確かに」

「栗が来るぞーと思って噛んだら、きな粉餅の柔らかい食感に驚かされます！　ちょっと遊んでみたんでしょうか。楽しくて美味しい！」

「意表をつかれるよな。栗餡の甘味と、きな粉の塩味のバランスもすげえ」

そう言うと、栗田は霜山さん。栗田は今度は霜山に顔を向ける。

「これ旨いですよ、霜山さん。じつは俺も東京で和菓子屋をやってまして」

「え？　そうなんですか」

「はい。それからこちらの葵さんは、上宮に勝るとも劣らない、『和菓子のお嬢様』なんだ。その人が美味しいって言うんだから、胸張っていいと思う」

「おお……。そうなんですか！」

霜山が驚きながらも嬉しそうに、こくこくと数回うなずいた。

「でもまあ、これについては教わったものをそのまま作ってるだけだから。決して私のオリジナルじゃありません」

「それでも大したものですよ」栗田は言った。

「はは、ありがとう。確かに、家でこつこつ練習してはいるんです。職場では、まだ独自の菓子なんて作らせてもらえませんからね」

これでうまくいくのが一番いいんですが――と霜山が呟いたときだった。ちょうど公園の前の道を上宮が悠然と歩いてくるのが見える。

意外と早い到着だった。栗田はすばやく栗饅頭の残りを全部ほおばる。葵はなんということもなく、自然体でのんびり味わって食べていた。

「どうもどうも、遅くなりました」

やがて公園に入ってきた上宮がにこにこしながら片手を上げ、栗田たちに近づいてきた。ベンチに置かれた箱の中にひとつだけ残っている栗饅頭に目をやって言う。

「あ、僕が教えた栗饅頭じゃないですか。見た感じ、すごくいい出来。どうしていつも満足してくれないんでしょうね、お母さん」

「お母さん？」

葵が不思議そうな顔をする。

「ああ、じつはですね――」

上宮が意味深な微笑を浮かべ、それについて言及しようとしたときだった。

なにかを感じた栗田の体が瞬間的に熱を帯びる。目に見える景色が隅々まで明瞭になり、感覚が冴え渡った。

――なんだ？

栗田は周囲を見回すが、とくに異常はない。だが気のせいではなかった。

次の瞬間、背筋にぞっと鳥肌が立ったのは、ベンチの背後の斜面の上から突っ込んでくる者がいたからだ。

ものすごい勢いで斜面を駆け下りてきたのは、禍々《まがまが》しい骸骨の顔――。

正確には、頭部まですっぽり覆う、黒いフェイスマスクをした男だった。

マスクには凶悪そうなスカルが描かれ、全身を黒い衣装で固めていることもあり、異様な迫力だ。その異常者が奇声をあげて、栗田たちのベンチに突撃してくる。

「うおおおっ――」

――どうする？

刹那の間に栗田は思考する。異常者の突進に合わせて、拳で迎撃することは可能だろうか？　八割方うまくいく――おそらく一撃で相手を昏倒《こんとう》させられるだろう。

だが、もしも失敗した場合、隙ができて葵を危険に晒《さら》すことになる。

だったら却下だ。今は絶対の安全を優先するべき。

「浅羽！　由加を！」

栗田は叫ぶと、葵の華奢な体をたぐりよせて、自分はすばやく彼女の前に立つ。

瞬時に意図に気づいた浅羽は「ああ！」と答え、由加の手を引っ張って、同じように彼女の前に飛び出した。これでやつは葵と由加、どちらも狙えない。

上宮はその場からまったく動かず、なぜか無言で冷酷そうに微笑んでいる。

「——わああっ？」

霜山はといえば、斜面を駆け下りてくる異常者に気づいた途端、絶叫した。ごく当然の反応だろう。身も世もない悲鳴をあげて腰を抜かし、どすんと尻餅をつく。衝撃で彼の眼鏡がずれた。

異常者はすごい勢いで突進してくる。だが不思議なことに誰も狙われない。

というのも、そいつは攻撃することなく、ベンチを敏捷《びんしょう》に飛び越えたのだ。

そして奇妙なフォームで公園の出口へ駆けていく。なにがしたかったのか？

「あっ——」

栗田たちが声をあげたときは既に遅かった。

ベンチに置かれていた霜山の紙袋がなくなっている。中にはまだ木箱が何個か入っていたはずだ。

異常者は両手を前で組んだまま走っている。つまり紙袋を胸に抱えているのだ。

「ど、泥棒っ！」

霜山が声を張り上げるが、異常者の走る速度は尋常ではない。たちまち道路に飛び出して、視界の及ぶ範囲から消える。

不意をつかれて仰天し、なんだかよくわからないうちに逃げられてしまった。

一個だけ手つかずで残されていた栗饅頭は地面に落ちており、もう食べられない。

「びっくりしたー……」

まだ目を大きく見開いた状態で葵が呟いた。

「一瞬、妖怪かと思いました」

「突然あれは正直、妖怪より怖いな。大丈夫だったか、葵さん？」

ボクシングに似た構えのまま栗田が振り向くと、一拍の間の後、「……やー、ちょっと大丈夫じゃないかも」と葵が呟く。

「マジか？　悪い……！」

栗田は慌てた。もちろん気をつけたのだが、肩を引き寄せるときに勢いがつきすぎたのかもしれない。

「どこが痛いっ？」

するとも葵も慌ただしく手を横に振り、頬を紅潮させて答える。

「いえいえいえー、痛いところは別に！　なんといいましょうか、咄嗟《とっさ》の事態に雄々しく対応する栗田さんが、まさに俠気《おとこぎ》溢れる歴戦の益荒男って感じだったので、ついこう、ぽーっと」

「ま、益荒男……？」

彼女を危険から守るのは、栗田の中では当然の務めだ。

「俺はいつもどおりだけど」

「ん……。そうなんですよね」

葵が若干はにかむように、あごを引いて微笑む。

緊張と緩和の効果なのか、いつになく彼女が壊れやすく繊細な存在に栗田には感じられた。とにかく無事でよかった。ふたりが赤面して無言で見つめ合っていると、

「そんなに見せつけんなよ」

浅羽が冷やかすようにそう茶化し、栗田と葵の顔の火照りを冷ました。

「しかし、今のなんなわけ？　わけわかんないやつって、どこにでもいるんだな」

そう言って浅羽が片手を広げると、由加が少し驚いた様子で応じる。

「え。なんなのかわからなかったの、浅羽くん？　紙袋盗んでいったでしょ？　あきらかに観光客狙いの泥棒じゃない」

「そうなんの？」

「物を盗んだんだもん。事実として泥棒だよ」

「まぁ――それはそうか」

釈然としない顔の浅羽に、由加が腕組みして頭をうんうんと縦に振ってみせる。

「観光名所だもん。どっかに隠れてカモを探してたのよ。たぶんあたしたちと霜山さんが出会ったときから見てたのね……。霜山さん、大事そうに紙袋を持って追いかけられてたから、貴重品が入ってると思い込んだんだよ。実際、あたしも最初はヤクザからお金盗んだんだろうなって思ったし。とにかく霜山さん、警察に連絡しよ？」

由加の言葉に、霜山はしばらく無言で考えた後、緩慢にかぶりを振って答える。

「いえ、やめときましょう。今回は警察沙汰にはしないでおきたい」

「え、どうして？」

「あの紙袋には、栗饅頭を入れた箱しか入ってないんです。おおごとにするのは警察の方々に申し訳ない」

「あ、そうなんですか？」

由加だけではなく、栗田たちも思わずぽかんとした。栗饅頭だけ……。

それを知ると、あの異様な泥棒が、急に規格外の間抜けに思えてくる。

だが中身がどうあれ、盗難に遭ったことには変わりない。やっぱり通報した方がいいですよ、と由加が説いていると、それまで黙っていた上宮が唐突に口を開く。

「いいんじゃないですか、今回は通報しなくても。犯人は大体見当がつきました」

「え……？」

栗田は驚愕し、食い入るように上宮を見つめる。

彼は先程の冷酷な微笑みとは打って変わった、慈愛に満ちた表情で言った。

「これはたぶん、僕がひとりで動いた方がいい状況です。その方がうまく収まりますからね。葵くん、栗田くん、後はまかせましたよ」

「上宮？」

「あなたたちがいるなら僕も安心できます。では――行ってきますね」

直後に上宮は、ふわりと身を翻した。

「おい、待てよ！」

だが栗田の言葉は届かなかった。見かけによらず、上宮は異様に足が速い。どう見ても運動に向いた服ではないのに、両手を腰のあたりで組み、上半身をほとんど動かさずに駆けていくのだ。地面を強く蹴らず、滑るようになめらかに。

上宮はあっという間に公園を出て行って、見えなくなる。

そして——いくら待っても戻ってこなかった。

＊

「……だめだ。あいつの電話、都合がよすぎだろ。つながらないときは絶対につながらねえ」

もう何度目になるか、上宮に電話しても不通で、栗田はスマートフォンを仏頂面でポケットにしまった。葵は首を傾げて無言で頬に手を当てる。浅羽は気怠げに肩をすくめ、由加は「まったくもう」と呆れた声でひとりごちた。

既に二十分近く公園で待っているが、上宮は戻ってこない。それどころか連絡しても一向に捕まらなかった。

泥棒の正体がわかったと豪語して出発したはいいが、発見できない。あるいは目星が外れていたため、気まずさから連絡を絶っている——そんなところだろうか？

冷静に考えると、あの泥棒を見つけるのは不可能に思える。

　そもそも犯人が、あんなに派手なフェイスマスクをしていたのは、扮装《ふんそう》さえ解けば手がかりがなくなるからだ。激しく混乱させ、印象づけておき、でも実体は仮面のイメージとはかけ離れた人物なのだろう。紙袋だって捨てて中身だけもらえばいい。

　まさか栗饅頭しか入っていないとは思わなかっただろうが——。

　いずれにせよ、埒《らち》が明かない状態だった。

　上宮に会うのが本来の目的だった霜山は露骨に焦《じ》れて、先程から数分置きに時計を見ている。

「大丈夫ですか、霜山さん？」

　栗田が訊くと、彼はベンチに座ったまま曖昧にうなる。そして「弱ったな……」と真に迫った様子でこぼした。

　葵が心配そうに霜山に声をかける。

「こうしていても気を揉んでしまうでしょうし、飲み物でも買ってきましょうか？　わたしたちにできることが少しでもあればいいんですけど」

　すると霜山が、なにかに気づいたように、はっと顔を上げた。

　そして妙に真剣な眼差しで葵を凝視する。

「え、えーと……？」

葵が狼狽《ろうばい》しているので、栗田は「霜山さん？」と声をかけた。

彼は葵から視線を外すと、ふうっと深呼吸して、

「和菓子のお嬢様……か。思えばここで会ったのも、なにかの縁かもしれない。すみませんが、相談に乗ってもらえませんか？」

「相談？」

そう言うと、ベンチに腰掛けたまま栗田たちに向き直る。葵があごに手を当てた。

「はい。今日、上宮さんに栗饅頭を味見してほしかったのは、いささか込み入った理由があるからで……。うちの母の件です」

そういえば上宮が先程、お母さんの話題を出していたことを栗田は思い出した。あれは霜山の母親を指していたらしい。

「お母様のことと言いますと？」

葵が戸惑い気味に尋ねると、霜山は予想もしないことを口にする。

「うちの母、アルツハイマーが進行中なんです」

栗田は思わず息を呑んだ。

葵が「認知症……」と小声でこぼし、霜山がうなずいて続ける。

「症状は人によって様々らしくて、うちの母は頻繁に調子が変わるんですけどね。よ

くないときは本当によくない。どれだけ言っても、私の顔すら思い出せないことがあるんです。正直、いつまで親子のやりとりができるのか……不安で」

暗澹《あんたん》とした面持ちで、霜山はこんなことを語った。


霜山の母、椿《つばき》はもうすぐ八十歳。

伴侶を亡くした後も、斑鳩町の隣に位置する安堵町《あんどちょう》の自宅で、今もひとり暮らしを続けている。

そんな母の椿が折に触れて語るのは、今から九年以上も前の出来事だ。

当時、ならまちの御菓子司夢殿本店には、少年時代の上宮暁が生み出した、独特の新商品が並ぶことがあった。

有名どころだと、太子の蘇。また、馴染みの者にだけ、より斬新で不思議な試作品を食べさせてくれることがあり、和菓子通の間ではひそかな評判だった。

そしてその極点に位置するのが、聖徳の和菓子――とかいうものらしい。

又聞きなので詳細は不明だし、もちろん椿はそれを食べたことはない。

だが純粋に上宮少年のファンだった。

彼の和菓子は意外な着眼点から作られる品が多く、新しもの好きの椿の心を絶妙にくすぐるのだ。たぶん店に頻繁に通っていたことも影響し、ある日、上宮少年は新作の栗饅頭を椿に特別に食べさせてくれた。

「まだ売るかどうかは両親に相談してないんですけどね。こういうの、霜山さんは好きだろうなと思って。よかったらどうぞ」

「まあ――」

栗饅頭が好物だと言ったのを上宮少年は覚えていてくれたのだろう。椿はいたく感激し、店のイートインの座敷席で、早速その栗饅頭を食べる。

栗に似た色の香ばしそうな表面。ほっくりした生地の奥には、きっと大きな栗の塊が入っていて――そんな先入観があったが故に驚かされた。

「なにこれ！」

「あははっ」

上宮少年が無邪気に笑い、指をぱちっと鳴らす。

中には栗ではなく、求肥を使ったきな粉餅が入っていた。それがもっちりと柔らかく伸びる。なんという新食感！　甘い栗餡と、きな粉の塩気が引き立て合い、今までにない栗饅頭体験を味わわせてくれた――。

「あれはほんと、今までにない美味しさだった……。今でも時々夢に見るんだよ」

母の椿は遠い目で、事あるごとに息子にそう語ってきたのだという。

そして母のアルツハイマーが進行中の今、息子の霜山省吾はなんとかして思い出の栗饅頭を再び食べさせてやりたいと考えるようになった。

母の記憶がなにもかも、忘却の海へ沈んでしまう前に――。


そこまで語り終えると、ベンチに座った霜山は俯いて手の甲を眺める。

「今のうちに、母にもう一度その栗饅頭を味わわせたい……。そう思って和菓子屋で働き始めたという部分もあるんですよ。自分の手で再現できるのが、やっぱり一番いいですからね。そして、弟子入りしたいと上宮さんに何度も掛け合いました」

「そうか。それで――」

栗田は呆然と呟く。今ようやく腑《ふ》に落ちた。

いくら昔は神童と呼ばれた者でも、三十歳以上も年下。そんな上宮に弟子入りを願うなんて、少しオーバーなんじゃないかと思っていたが、事情が事情だったのだ。

霜山は俯いたまま続ける。

「上宮さんは風変わりな部分もありますが、悪い人じゃない。レシピを詳しく教えてくれたし、自分が作ったものと同じ味だと太鼓判も押してくれました。でも……なぜか母は満足してくれないんです」

――違うねぇ。似てはいるけど、あのとき食べたものとは、なにかが違うよ。

何度食べさせても、霜山の母はそう言うのだという。

考案者の上宮本人が同じ味だと断言しているにもかかわらずだ。

「私としては、もうお手上げでね……。あとは本人に作ってもらうしかないと思って、今日、上宮さんに頼み込むつもりでした。もう和菓子職人を辞めたことはわかってますが、そこをなんとか曲げて栗饅頭を作ってくれませんか、と」

霜山は無念そうに下唇を噛んだ。

「でも、その上宮さんは戻ってくる気配がない。私が作った栗饅頭も、とんだアクシデントでご破算だ。なんだろうな……。冷静に考えると、いい加減に諦めろってことなのかもしれない。なにをやってもだめなんだ。兄たちが言うように、私はただ、みっともない真似をしているだけの――」

惨めで滑稽な男です、と言って霜山は両手で顔を覆う。

寂寞《せきばく》とした沈黙が降りた。

「――違う」

気づけば栗田は確信的に告げていた。

「違うな、霜山さん。あなたは本気で人を思い、行動してる。みっともないことなんか、なにひとつしちゃいない。今はただ、あることに気づいてないだけなんだ」

意外な言葉をかけられた霜山が頭を上げ、頬を打たれたような面持ちで呟く。

「栗田さん……？」

「あなたの作った栗饅頭は旨かった。たぶん、昔お母さんが食べたものと本当に同じ味なんですよ。ただ、記憶ってのは往々にして美化される。だからこそ同じ味のままじゃ、同じだと思ってもらえないんです」

「わたしも栗田さんの説に賛成です」

葵が凛《りん》と言葉をついだ。

「上宮さん本人が同じ味だと言ってるなら、きっとそうなんでしょう。だったらやっぱり心理的な効果じゃないでしょうか？　初めての感動って印象に残りますし」

すると霜山が愕然とした顔つきになる。眉を寄せてうめくように言った。

「だったら……。だとしたら」

もう無理だ。不可能じゃないか――。

彼がそんな絶望的な言葉を続ける前に、栗田は口にした。

「なにか工夫が必要。そうすれば可能だってことです」

＊

「悪い、葵さん。せっかくの旅行なのに、俺のせいで」

今さらながら栗田が謝ると、葵が「いえいえー」と眩しいものでも見るように目を細めて言った。

「栗田さんが謝ることなんか全然ないですよ。大人の女には海より広い包容力がありますからね。『パイレーツ・オブ・カリビアン』って映画、観《み》たことあります？　栗田さんが屈強な海賊だとしたら、わたしは青いカリブ海ですから。葵だけに」

「……えっと」

「そ、そんな冗談はさておきー」

葵が少し赤くなって咳払いした。

「わたし、こういう展開は大好物なんですよ。栗田さんがああ言ってくれて、内心、胸がすっとしました。張り切って作りましょう、栗饅頭！」

「ああ――サンキュ」

勢いよく首肯する栗田の隣で、白衣に着替えた霜山がかしこまって頭を下げる。

「よ、よろしくお願いします！」

あれから霜山に、その栗饅頭の工夫の仕方とやらを教えてほしいと乞われた栗田たちは、タクシーで彼の自宅マンションへ移動。今は広めのキッチンで準備をしているところだった。途中で材料の買い物もした。家で和菓子作りの練習をしているというだけあって、霜山のキッチンには製菓道具やオーブンなども揃っている。

文句を言いつつも律儀についてきてくれた浅羽と由加は、現在リビングのＴＶの前で雑談中だった。なんだかんだで人が好《よ》いふたりだから、後で作りたての栗饅頭をご馳走したい。

「じゃあ時間も押してますし、巻きでいきますねー。栗田さん霜山さん、まずは皮のタネ作りから始めましょう」

「おう！」

「はい！」

意気込みこそ充分な栗田だが、具体的な工夫の中身はまだ思いついていなかった。

だが葵にはアイデアがあるらしい。だったらここは信頼して、ご教授願おう。

そして『和菓子のお嬢様』が、『和菓子の太子様』の生み出した栗饅頭の製法を鮮やかに乗り越えるところを見たい——栗田は純粋にそう思った。

「さてさてー。とはいっても、基本的には上宮さんと同じ製法を踏襲しますね。あまりにかけ離れたものを作っても、霜山さんのお母様が戸惑うでしょうし」

「そりゃそうだな。了解」

葵の方針に従って、栗田と霜山はまずはボウルに上宮のレシピに記された量の卵白と卵黄と上白糖を、少しずつ入れて掻き混ぜる。

四十五度の湯煎にかけて、バターとはちみつも加えた。

ふと気づいたことがあって栗田は言う。

「霜山さん、ちょっといいですか？　もっとこう、大きく混ぜましょう」

栗田は霜山から泡立て器を借りると、ボウルの底からさらうように右回転と左回転を繰り返しながら、丹念に混ぜてみせた。

「ここで卵の中にしっかり砂糖を混ぜ込んでおかないと、なめらかな生地にならないんで。まぁ、わかってるとは思うんですけど」

「おお、なるほどね」

そんなふうに丁寧に溶かしていく。冷ましてから水で溶いた重曹を加え、ふるったイーストパウダーと強力粉と薄力粉をしゃもじで程よく混ぜた。

もったりと次第にまとまって、全体が黄色っぽくなり、生地の感じが出てくる。

後はバットの上に載せて休ませておけばいい。次は――。

「霜山さん。今日作った栗の甘露煮って、まだ残ってますか？」

葵が尋ねると、「ええ、はい」と霜山が応じる。

「さすがに全部使い切るのは、もったいなかったので」

「でしたら、栗餡はそれで作りましょう。栗田さん、作成の方お願いします。これも基本的には上宮さんのレシピどおりで。ただし、砂糖を二割増やして正規のものより少しだけ甘めに仕上げてください」

「ん、わかった」

栗田はうなずき、冷蔵庫に入れてあった栗の甘露煮の瓶を霜山から受け取ると、それを裏ごししながら訊く。

「でも葵さん、上宮レシピより甘くするのは、どういう理由？」

「やー、そんなに深い意味はないんですよ。ただ、なるべく霜山さんのお母様に寄り添うものにしたいなって」

「寄り添う？」

「ええ。なんていうんでしょう……。霜山さんのお母様が思い出の栗饅頭を食べたのは、今から九年以上も前なんですよね。お話によると、今は八十歳近く。だったら味をほんの少し濃くした方が喜んでくれるかも、と思いまして」

「そう……か？　お年寄りって薄味の方が――」

「もちろんそういう好みの方もいると思います。でも、うちのお祖父《じい》様は濃い味つけが好きですよ。味覚は味蕾《みらい》という、舌の表面や口の中に多々ある器官で受容するんですけど、年齢とともに総数が減っていくんだって、言い訳のようによく言ってまして」

「そうなのか」

ちょっと意外だ。

だが思い返せば栗丸堂の常連の中にも、甘ければ甘いほど大量に食べられると豪語している高齢のお客さんが結構いる。意外とそういうものなのかもしれないし、単に甘党なだけかもしれない。

「まあまあ、霜山さんのお母様が、どんな状態なのかはわかりませんけどね。ただ、同じ栗饅頭を食べても違うというなら、味覚自体が変化してる可能性も考慮したいところです。栗餡の甘味と、きな粉の塩味を増やして、相乗効果を狙いましょう」

また、求肥餅は飲み込みやすいように、小さめに、さらに柔らかく――。

栗饅頭そのものも小型にして、味が際立つようにするつもりだと葵は語った。

「……深い意味ありまくりじゃねえか」

栗田は感嘆の息を吐く。

思えば、あの栗饅頭は確かに斬新で美味しかったが、中に柔らかな求肥餅が入っていたため——ほんのわずかだが——全体のサイズが大きく感じられた。

言い換えれば、食感にメリハリが足りなかった。

中にほっくりと固い栗が入っていれば、そう思うことはなかっただろう。

葵が今語ったことは、人に寄り添いつつ、菓子のクオリティを明確に上げるものだ。

感性の鋭敏さという点では、上宮より葵の方が上手なのだろう。

「そうか……。小さくすることで、甘味と塩味を際立たせるんですね」

霜山が呟き、さっと葵に顔を向けて言う。

「栗田さんがレシピより甘い栗餡を作る……だったら私は塩気の効いた、きな粉餅を作ればいいって寸法ですか。だったら早速、餅粉を——。あと、トレハロースも」

ところが戸棚に手をのばす霜山を、葵がかぶりを振って止めた。

「あー、ちょっと待ってください。じつはもうひとつアイデアがありまして」

「アイデア？」

「秘密の隠し味を使います。お餅の前に、そちらを先に作ってほしいかなと」

そう言うと葵は持参したレジ袋をまさぐり、赤い網に入った大量の栗を取り出した。

途中の青果店で購入したものだ。

「この栗を使って――」

と、葵が言いかけたとき、おかしなことが起きる。

キッチンから少し離れた玄関のドアに、なにかが外からぶつかった音がした。

小さな音だが、ノックではなかった。音がドアの下の方――足元で鳴ったように栗田には聞こえた。

「ちょっと見てきてもいいですか？」栗田は霜山の顔を見た。

「ええ、構いませんけど」

不審そうに霜山が言い、栗田はすばやく玄関に行ってドアを開けてみる。

「なんだ……？」

ドアの外には紙袋が置かれていた。

次の瞬間、慄然としたのは、それが公園で盗まれた例の紙袋だったからだ。

中身も無事で、紙袋の底には木の箱がいくつか入っている。さっきのはこれがドアに当たった音なのだろう。

――だが、どういうことだ？

栗田の脳裏を矢継ぎ早に思考が巡る。誰かが取り戻して届けてくれたのか？　でもどうやって？　なんのために？　どうしてこの場所がわかった？

あるいは上宮の仕業だろうか？　しかし彼の姿は影も形も見当たらなかった。辺りを見回しても、マンションの廊下に人影はまったくない。

だったら、と栗田はフロアのエレベーター乗り場へ走る。表示を見ると、誰かが乗ったカゴが一階へ下りていくところだった。一足遅かったらしい。

「……くっ！」

歯噛みする栗田のもとに、葵がおっとり刀で駆けつける。「栗田さん！」

「わりい、葵さん。盗まれた紙袋を誰かが返しに来た。たった今、そいつを逃がしちまった！」

「あ、はいー。全然問題ないですー」

葵は滅茶苦茶あっさり流して、栗田を拍子抜けさせた。その後、心配そうに眉根を寄せて言う。

「それより栗田さん、怪我とかありません？　焦って転んだりしませんでした？」

「や、俺はぴんぴんしてるけど……」

「よかった」

ほわっと微笑んで、葵は両手を柔らかく合わせた。「とくに追う必要はないですよ。

訊けばわかることですから」

「訊けば？　誰に？」

「犯人に」

葵流の冗談か？　よくわからないことを言われた栗田は混乱するが、なにか手がかりを摑んだのかもしれない。ともかく葵に連れられて、いったん霜山の部屋に戻る。

室内に入ると、浅羽と由加と霜山が紙袋の中身を検分していた。中に入っていた木の箱には、いずれも公園で食べたものと同じ栗饅頭が詰まっている。

「どういうことなんだ、これは……？　盗まれたものが勝手に戻ってくるなんて、聞いたことがありません」

眉間にしわを刻んで側頭部を押さえる霜山に、葵が言った。

「どちらかなーと思っていたんです。もしかしたら上宮さんかなって気もしてたんですけど——あの人はやっぱり嫌気が差して、単に雲隠れしただけだったんですね」

「なんの話です？」霜山が尋ねた。

「根本的な気持ちに嘘はないと信じてるので心苦しいんですけど——すみません、もう言っちゃいますね。皆さんに一言謝ってください。霜山さんの紙袋を盗んだ、霜山さん」

「え？」

隣で聞いていた栗田は唖然とした。

「なにそれ。どういう意味なんだ、葵さん？」

「正確には、紙袋を盗ませた、と表現するべきでしょうか？　あの泥棒自体はじつは誰でもいいんですよ。そういう発想で依頼したはずですから」

公園で実行犯を見たときに気づいたんです、と葵は語った。

「あの泥棒はピンポイントで紙袋を持っていきましたよね。でも、お金や貴重品が目当てなら普通、紙袋じゃなくてバッグを狙いますよ。それに、紙袋を両手で抱えた、すごく不自然なフォームで走ってました。あれは中に入ってるものを事前に聞いて、知っていたからです。栗饅頭になるべく衝撃を与えないようにしたんでしょう」

続けて葵はこう語った。

中身が栗饅頭だと知っているなら普通は盗まない。普通は盗まないものを盗んだのは誰かに指示されたからだ。

栗饅頭の返却相手——つまり本来の所有者の霜山に。

「つまり公園の件は、泥棒を依頼した霜山さんと、実行犯による狂言だったんです」

葵の言葉に最もすばやく反応したのは、意外にも由加だった。両拳を握り締めて、きーっと金切り声をあげる。

「なによそれ！　グルだったってことっ？」そして地団駄を踏んだ。

「あはっ、ウケるぅ」

浅羽が素っ気なく笑った。「泥棒が盗んだものを、わざわざ依頼人に返しに来て、それでバレて修羅場になるなんて、どんなコントだよ」

「……ったく」

栗田は浅羽のように笑う気分にはなれなかった。仏頂面で舌打ちして続ける。

「そういうことか。まぁ確かに今って、ネットで色々仕事とか頼めるし、知り合いには相談できないことでも、ギャラ次第で業者がやってくれる。一芝居打ってもらったわけだ」

だが、なんのために？

それは霜山の本来の目的を鑑みれば、すぐにわかる。――『伏線』作りだ。

霜山は上宮の目の前で、苦心して作った栗饅頭を盗まれる場面を見せたかった。

そして『自分はこんなにひどい目に遭ったのだから、代わりに母に栗饅頭を作ってやってください』と上宮に頼むつもりだったのだろう。

つまりは同情を買い、泣き落としを効果的にするための演出だったのだ。

勘がいい上宮は敏感にそれを察知し、適当な口実をつけて逃げたに違いない。

「もちろん全部、仮説ではあるけど――そういうことなんだろ？」

魂が抜けたように呆然としている霜山に、栗田は言った。

もはや言い逃れは無理だと悟ったのか、彼はひび割れた声でそれを認める。

「まさか……上宮さんが犯人を探しに行って、帰ってこないとは思わなかったんだ」

「だから予定を変更して、俺たちを頼ったわけですね？　だけど詰めが甘かったな。今、自宅マンションにいるから盗んだものは返しに来るなって、泥棒に一報するだけで発覚は防げたのに」

「返しに来いなんて私は言ってません……。あれは純粋に井上《いのうえ》くんの厚意です」

「井上？」

霜山の話によると、井上というのは知人の劇団員らしい。いいアルバイトがあると彼を説得し、報酬を渡して芝居を頼んだのだそうだ。

なんでも、前から今日実行することは決めてあり、マスクなども購入済みだったらしい。兄たちが急遽《きゅうきょ》押しかけてきたことで、予定より早く、逃げ出すようにマンションを出た霜山は、途中でスマートフォンで井上に連絡した。

井上はスマートフォンのＧＰＳで霜山を追い、隠れてひそかに実行するチャンスをうかがっていたのだと霜山は語った。

「盗んだ栗饅頭は食べてしまっていいと言ったのに……まさか彼の善意からバレるなんて」

うめくように言う霜山に、溜息をついて栗田は答える。

「ひと目見てわかったんでしょうよ。一生懸命作った、力作の和菓子だってことが。だから返しに来たんだ」

「ああ――」

霜山はなにかを嚙み締めるように瞼を閉じ、顔を片手で覆った。

栗田は真正面から彼に向き直ると、静かに告げる。

「いいですか、霜山さん。俺はこれでも忍耐強いんです。店で料理を頼んで、そうだな――大体、二十五分くらいなら、出てこなくても普通に待ってる。だからこの程度で別にブチ切れたりしません」

なにを言い出すのだろうという面持ちで、霜山が栗田に目をやる。

「だが……あんたが葵さんや、俺のダチを騙したことを思うと、自分でも不思議なくらい腹が立つ。怒りが収まらねえんだよ――マジで」

栗田は込み上げる感情を抑えつつ、霜山を鋭い目でぎろりと睨みつけた。

それでも効果は劇的だった。

突然、苛烈な落雷にでも遭ったように霜山は体を跳ねさせる。これ以上ないほど目を大きく見開き、口をあんぐり開けて硬直した。そのままぴくりとも動けない。

まるで眼前に炎をまとう巨大な不動明王が聳《そび》え立《た》ち、霜山を憤怒《ふんぬ》の双眸《そうぼう》で射すくめているかのようだった。

やがて霜山は今にも泣き出さんばかりに目を潤ませ、かたかたと震え出す。

「も、申し訳ございません……どうか、命だけは」

この場で一刀両断されて殺されるとでも考えていそうな彼の様子を見て、さすがに栗田も冷静さを取り戻した。ふうっと深呼吸して、落ち着いた声を出す。

「……ただ、あなたがお母さんのことを思う気持ちはわかります。アルツハイマーで記憶が徐々に損なわれていく――それが、どれだけ辛いことか」

栗田も両親を既に亡くしている。だから他人事とは思えないのだった。自分だってそんなことになると事前に知っていたら、きっとなりふり構わなかっただろう。

「まぁ、今回は霜山さんのお母さんに免じて、水に流しますよ。せっかくだから葵さんの指示どおりの栗饅頭、作っちまいましょう。それで許してもいいか、葵さん？」

「ええ、もちろん！」

葵が元気よくそう言った。仕方ないか、と浅羽と由加も苦笑する。

いいやつらだ――。栗田は彼らに「サンキュ」と告げると、霜山に向き直る。

「というわけだ、霜山さん。今日こそお母さんに最高の、思い出の栗饅頭を味わってもらおうじゃないですか」

すると霜山は張り詰めていたものが切れたように、床にがくんと両膝をつく。

「ありがとう……」

涙を流して彼は頭を下げた。

「栗田さん、皆さん、ありがとう……。本当にありがとうございます……」

「ま、誰にだって、やらかすことはありますから。俺は別に正義の味方じゃない」

栗田はさりげなく横を向いた。

「じゃ、栗饅頭作りの再開といくか」

「はい、栗田さんは正義の味方じゃなくて、熱い熱い、男の中の男ですもんね。そしてわたしは女の中の女。美味しいのは栗饅頭の中の栗ー」

葵が軽やかに冗談を飛ばすが、誰も突っ込みを入れなかった。本当にそうだと思ったのか、どう返せばいいのかわからなかったのか――。

ともかく、それから一時間後、葵の監修した栗饅頭は見事に完成した。

＊

霜山省吾の自宅マンションから安堵町までは、車なら十分もかからない。

霜山が栗田たちと車で母の家に赴くと、今日も庭には紫色の小さな千日紅《せんにちこう》が咲いているのが見えた。

不思議なことに、母は花には欠かさず水をやっているようだ。逆に、忘れて一日に何度も水やりをしているのかもしれないが――。

霜山が車を降りて玄関のドアフォンを鳴らすと「はーい、お待ちください」と明るい声がして、まもなくドアが開く。綿雲のような白髪の母の椿が顔を出し、

「どちら様でしょうか？」

そんなふうに愛想よく、心を氷結させるようなことを言った。

霜山の後ろで、栗田と葵と浅羽と由加が、無言で息を呑む気配がする。

「えっと……どちら様というか」

霜山は逡巡《しゅんじゅん》する。

母の症状は日によってまちまち。顔も思い出せないなんて、今日は余程調子が悪いんだなと思い、口ごもっていると、ふいに廊下の先から、どたどたと足音が響いた。

現れたのは、休日なのにスーツを着た四人の中高年男性——霜山の兄たちだった。

「うわ！」

反射的に踵を返しかけるが、「こら！　待たんか、省吾！」と彼らが呼び止める。

「な、なんで兄さんたちがここに？」

霜山が尋ねると、長男の洋一《よういち》が嘆息し、落ち着きのある口調で答える。

「上宮さんに諭されたもんでな。自分たちの体裁ばかり気にしてないで、たまには親に顔でも見せてあげなさいって。あと、実家で待ってれば、そのうちおまえも来ると言ってた。だからここで待ってたんだ」

——上宮さんはあの時点で、今の展開を見透かしていたのか？

一瞬、霜山の背中に鳥肌が立つが、あくまでも結果論だろう。過程はどうあれ最終的な目的地はここだという、大きなアウトラインに沿って口にしたに違いない。

あのタイミングでゴールまで考え、それらしい体裁を繕いながら兄たちを懐柔できること自体、尋常ではないが。
・ふいに兄が手招きして霜山に耳打ちする。

「……あのな。母さん、今日はだいぶ具合が芳しくない。最初は俺たちの顔もわからなかった。ちょっと――よくないな」

「ん。ああ」

「とにかく、今日ここでやりあうのはやめだ。話はまた日を改めてしよう。せっかく来たんだし、茶でも飲んで帰れ」

「わかった……。そうするよ」

兄たちは母に霜山のことを、自分たち五人兄弟の末っ子だと説明した。なにも間違ってはいないのに、それを語らなければいけない状況が、悲しくて虚《むな》しい。

ちなみに栗田たちは霜山の知人というふうに紹介されていた。皆で揃って霜山の実家にあがる。

茶の間に入り、兄たちはソファに。霜山と栗田たちは卓袱台《ちゃぶだい》を囲んだ。

黄白色の壁に古い鳩時計《はとどけい》がかかっていて、その斜め下に古いTVが置かれている。霜山にとっては見慣れた光景だ。ほっとひと息つくと、霜山は卓上に持参した箱を載せて、対面に座った母へ静かに差し出す。

「はい母さん。これ、おみやげ」

「え？　それはまたご親切に……。なんだろうね」

息子だと説明されても、言葉だけではやはり、ぴんと来ないのだろう。母が不思議そうにぎこちなく箱を受け取るので、霜山は表情筋の力で無理に笑ってみせる。

「母さん、昔から和菓子好きだったろ？　これは俺が作ったものなんだ。懐かしい味だと思うから食べてみてよ」

「へえ！　あなたが自分で作ったのかい。そりゃすごいねえ」

「まあ――ね」

今は和菓子屋で働いているからだよ。その言葉を霜山はあえて飲み下して言った。

「ほら、遠慮しないで」

霜山に急《せ》かされて母が蓋を開ける。箱の中には葵たちの助力を得て作った、香ばしそうな艶々の栗饅頭が三個ほど並んでいた。

「まあ！　栗饅頭じゃないか。あたしこれ、大好物なんだよ」

「うん、食べて食べて」

「悪いねえ。じゃあ、いただきます」

霜山の母が小さな栗饅頭をひとつ手に取り、そっと口へ持っていく。

その様子を、卓袱台を囲む霜山や栗田たちだけではなく、壁際のソファに座った兄たちも真剣に見つめていた。弟が心血を注いだ栗饅頭がどれほどのものなのか、和菓子屋で働くことには反対していても——あるいはだからこそ——気になるのだろう。

ほくっと齧《かじ》ったその瞬間、母の目が見開かれる。

紛れもない喜色が浮かんだ。

「あら、美味しい！」

——そうだろ？

霜山は心の中で拳をぐっと握った。

というのも、さっき味見したときに自分も同じことを思ったからだ。和菓子のお嬢様こと葵の監修による栗饅頭。これより美味しい栗饅頭は食べたことがない、と。

霜山は思い出す。あのとき、完成した栗饅頭を試食して、予想外の驚きに襲われたことを——。

噛んだ瞬間、かりっと表面が破れ、柔らかな生地を歯が押しつぶしていった。

まもなく、あの秋の栗特有の香ばしい甘美な栗餡が、ほっくりと舌の上に広がり出てくる。そのどっしりと甘く濃密な量感に、とろりと唾液が分泌された。

そこに、菓子の中心に仕込まれていた求肥の餅が加わって——。

「——ふお！」

思わず声が漏れた。

本来、そこにはきな粉餅が入っているはずだ。でも葵が監修したこれは違う。中に秘められているのは——栗粉餅《くりこもち》だ。

「うわぁ……この粉、ふんわりほろほろなのに、味は濃厚！　まるで栗の美味しさを凝縮したみたいだ。塩味もばっちり効いてるし、甘い栗餡と絶妙に合う！」

霜山は破顔してそう言い、舌鼓を打つ。

葵はふわりと爽やかに微笑み、こう説明したものだった。

「記憶の中で美化されたものと張り合うには、別物だけど似ていて、ちょっと違った美味しさを持つものをぶつけるしかないでしょう。というわけで栗粉餅です。栗饅頭に仕込むなら、きな粉より栗粉の方がマッチする気がしまして」

栗粉というのはざっくり言うと、栗きんとんを漉して、きめ細かいそぼろ状にしたもの。

栗きんとんと言っても、正月料理の栗の甘煮ではなく、茶席などで定番の和菓子の方だ。蒸したり茹《ゆ》でたりした栗の実に、砂糖を加えて茶巾で絞ったものである。

もともと栗きんとんは、栗の名産地である岐阜県《ぎふけん》が発祥地で、そこから全国に広まったものだという。良質の栗のコクがある甘味には、こたえられないものがあり、多くの者に愛される秋の味覚のひとつだ。

葵の指示で作ったこれは、塩を通常よりも多めに使った、塩栗きんとん――。

それを裏ごしした粉をさらさらと餅にまぶした、スペシャルな栗粉餅である。

栗粉は舌の上で溶けるように淡く美味しいが、保存料を使わないため、消費期限が短い。だからそれを使う栗粉餅は岐阜県以外では知名度が低い面があるが、知る人ぞ知る美味なのだと葵は語った。

「なるほど。これをきな粉餅の代わりにするのか……。まさに秘密兵器ですね！」

霜山はその時点で成功を確信し、快哉《かいさい》を叫んだものである。

「よっしゃあ！」

「やー、まだ作っただけなので、喜ぶのは早いような。でも、新鮮なうちに食べて頂きたいですね」

「うん、確かに」

それから霜山たちは栗粉餅を中に仕込んだ栗饅頭を完成させると、丁寧に箱に詰めて車に乗り込み、急いで母が暮らす実家へ向かったのだった――。

そして、今。

回想から我に返った霜山の眼前で、待ちかねた結果が出ようとしている。

ゆっくりと咀嚼し、最後のひと切れを飲み込むと、母の椿がほうっと息を吐いた。

「ああ――美味しかった」

「母さん……？」

「ありがとうね。今までいろんな栗饅頭を食べてきたけど、その中でも、ずば抜けて素晴らしかったよ。秋の味覚を堪能した。ほんと、長生きってのはするもんだねぇ」

満足そうな笑みを浮かべて、母がお礼を言う。

だがそれは霜山にとって、これ以上なく残酷な感謝の言葉だった。

――違った。

また違っていたんだ。

霜山の顔が不自然に強張る。

母の感想は絶賛と言っていいものだったが、思い出の味とは一致しなかった。『ずば抜けて素晴らしかった』とはそういうことだ。今でも夢に見るほど熱望しているものではなく、抜群に美味しいが、美味しいだけの栗饅頭のひとつにすぎなかった――。

卓袱台を囲む栗田も葵も、それを理解して顔面蒼白になっている。

あるいは今の症状では、なにを食べても思い出の栗饅頭の味と正確に照合できないのかもしれない。味覚が完全に変わってしまったのか、あるいは記憶の中で美化されすぎたのか。

いずれにせよ、目的を達成できなかった霜山は、がっくりと項垂《うなだ》れる。

これだけ力を尽くし、これだけ多くの者の力を借りても無為に終わるのか。

「……だめだなぁ」

私は本当に、だめだ。

霜山は心の底から、その事実を噛み締める。

——兄さんたちの言うとおり、私はずっと無駄なことをしてきただけだった。

ブラック企業に嫌気が差して逃げ出し、五十歳を過ぎて和菓子屋の見習い。

必死に作った栗饅頭は少年時代の上宮に遠く及ばず、最後の手段として企《たくら》んだ猿芝居も呆気なく見抜かれた。それらを知った上で協力してくれた人たちの善意も今こうして水泡に帰してしまった。

なんて惨めなんだろう。

なんて滑稽で、みっともない男なんだ、私は——。

霜山は真っ暗な絶望に打ちのめされる。

そのとき、唐突に長男の洋一が、霜山の隣にどすんと腰掛けた。

「そんなに旨いっていうなら、ひとつ俺にも食わせてくれよ」

彼はそう呟くと、箱の中の栗饅頭をひとつ摑んで、ひょいと口に入れる。

もしゃもしゃと豪快に咀嚼しているうちに真顔になった。やがて、ぼそりと言う。

「なんだこれ。――とんでもなく旨いじゃないか」

「兄さん……？」

「おい、洒落にならんぞ、これは。なにを落ち込んでるのかは知らんが、俺はこんなに旨い栗饅頭、食ったことない。おべんちゃらじゃないぞ。本当に初めて食べたんだ」

その言葉を聞いた他の三人の兄が驚いた顔で、卓袱台に近づいてくる。俺にも味見させろ、俺にも、と口々に言いながら小さな栗饅頭を分け合って食べた。

そして――。

「……うまっ！」

「どういうこった？　異様に美味しい」

「省吾の作ったものだと思って侮ってた。こりゃ今まで食べた和菓子の中でも一番だ！」

どこまで本当かはわからないが、兄たちのそんな熱烈な賛辞を耳にして、霜山は鼻の奥がつんとなる。

夢じゃないだろうか。感極まって霜山は両手で顔を覆った。

「兄さん……」

「――あのな、省吾」

長男の洋一が、ふいに声の調子を落として言った。

「わかってはいるんだ、ほんとは。間違ってるのは俺たちだって。人が一生懸命やってることに、みっともないもクソもない。それは真理だ。でもな、正しければ楽に生きられるってわけでもない。俺たちは……末っ子のおまえに苦労させたくなかったんだよ。――心配だった」

思いがけない兄の本音に、霜山は瞠目《どうもく》する。まさか兄がそんなことを考えていたなんて。

「だけどな、正しく生きていきたいと本気で考えるのなら、それは美しいことだ。思えば、おまえは昔から真面目なやつだった。真面目すぎて失敗することも多かったけどな。いいさ、もう止めない。思う存分やれ」

洋一がそう言うと、感化された他の兄たちも次々とうなずく。

「これだけ素晴らしいものを作れるんだ。見込みあるだろ」

「今まで悪かったな、省吾」

「へこたれるなよ。頑張れ！」

――兄さん……。

彼らの言葉を胸に刻みつけながら、霜山は今、心から思う。

母の思い出の栗饅頭を食べさせるという、ささやかで困難な目的は、結局果たせなかった。

あれほど苦労したのに。あれだけのことをしたのに――。

だが、すべてが無為に終わったわけじゃない。

結果こそ出なかったが、自分が自分なりに信じることに打ち込んできたのは事実で、それが本来の目標とはまた違う、思わぬ善き結果を呼び込んでくれた。

禍福は糾《あざな》える縄のようなもの。決してすべてが無駄なんてことはなかった。

今はそのことが、ただ嬉しくてたまらず――。

あたたかな雰囲気の中、霜山と彼を励ます兄たちのそばで、栗田も葵も浅羽も由加も優しい顔をしている。その中で、母もにこにこ微笑んでくれている。

今この瞬間を切り取ったものを、人は幸福の光景と呼ぶのだろう。

霜山は本心からそう思った。

だが、そのとき突然、柔和な空気を切り裂くように涼しげな声がする。

「――玄関のドア、開いてましたよ」

霜山は仰天した。茶の間に突然姿を現したのは、上宮暁だった。

*

てっきりもう、自分たちの前に出てくることはないものだと思い込んでいた。

だから上宮の唐突な出現に、栗田は本気で驚いた。

――なぜだ……？

率直にそう思う。

公園での盗難事件――あれは結局、霜山の自作自演だったわけだが、その卓越した洞察力により、早い段階で真相を見抜いた上宮は霜山に嫌気が差し、適当な言い訳をして雲隠れした。それが現在の栗田の理解だった。

だが、どうやら思惑違いだったらしい。

今、再び栗田たちの前に現れた上宮はひとりではなく、背後に妹の瑠夏を伴っている。なにかが起こる予兆をひしひしと感じた。

「訊いていいか？　マジな話、今頃なにしに来たんだ？」

栗田が尋ねると、上宮は繊細な容貌に少し困った色を浮かべて答える。

「ちょっと遅くなってしまいましたよね。ごめんなさい。家に戻って和菓子を作っていたもので」

「――なに？」

瞠目する栗田に、「違いますよ」と瑠夏がぼそりと答える。

「作ったのはわたしです。兄さんが横から口を出すので、その指示に従って」

「うん。僕がレシピを教えて、瑠夏が実作業を担当するという役割分担ですね」

上宮の言葉に、瑠夏が「ん」とうなずく。

「まぁ、そういう意味だと作ったのは兄さんとも言えるのかな……。びっくりしたんだよ。急に家に戻ってきたと思ったら、面白い和菓子のレシピを教えるなんて言うから」

「はは」上宮が軽やかに笑った。

「普段の兄さんはなにも教えてくれないし、このチャンスを逃すわけにはいかないと思って。幸い、今日は祖父がいますから、少しだけ店を抜けさせてもらいました」

そんな瑠夏の言葉に、葵が自分の細いあごをつまんで言った。

「はー、なるほど。じゃあ言葉どおりの意味だったわけですね」

「え？」

不思議なことを言う葵に、栗田は尋ねる。

「葵さん、言葉どおりって？」

「ん、なんていうんでしょう。わたしもつい早合点《はやがてん》してしまったんですけど、上宮さんは別に雲隠れしたわけじゃなかったんです。そう見えただけ。話が早い人だと表現していいのか微妙なところですが、実際は霜山さんの意図を見抜いた上で、それを叶えてあげるために動いたんでしょうね」

霜山の目的とは、泥棒に栗饅頭を盗まれる場面を見せて同情を買い、上宮本人に栗饅頭を作ってもらうことだった。あのとき上宮はこう言っていた。

――『犯人は大体見当がつきました』

――『僕がひとりで動いた方がいい状況です。その方がうまく収まりますからね』

そうか、と栗田は呆然と呟く。

思い返せば、上宮は〝実行犯〟を捕まえに行くとは一言も言っていない。

そんなことより、泥棒の依頼主である霜山の目的を遂げさせる方が手っ取り早いと結論づけ、ひとりで御菓子司夢殿本店に戻り、妹に目当ての和菓子を作らせた。

そして今、完成したものを最終的な目的地へ持ってきたのだろう。

「でも、わかんねえな。なんでわざわざ瑠夏さんに作らせたんだ？」

栗田が呟くと、瑠夏は心持ち首を傾げて「うーん……。兄はもう和菓子職人ではないとよく言ってますし、意地でも自分では作りたくないのでは？」と答える。

直後に上宮が意外な動機を口にした。

「やだなぁ、忘れちゃうなんて。栗田くん自身が言ったんじゃないですか。瑠夏に、もっと優しくしなさいって」

「は？　なに言ってんの？」栗田は言った。

「つまりですね。ケーキバイキングに連れていくよりは、レシピのひとつでも教えてこういう形で自信を持ってもらう方が有益かと思いまして。もともと瑠夏は、やればできる子ですから」

刹那、栗田はぎくりとした。まさか、あの電話の件を言っているのか。

――『おまえ、普段から妹にもっと優しくしろよ。今度ケーキバイキングとかに連れていけ』

そう。確か電話で、そんなことを喋った気がする。

でも、なんなんだ……？　こいつはどういう思考の広がりをしてるんだ？

たじろぐ栗田の目の前で「では、ちょっと失礼します」と瑠夏が言い、卓袱台の横に正座して持っていた荷物を広げ始めた。かすかに甘い匂いが漂う。まだ仄かにあたたかい、作りたての和菓子を持ってきたようだ。

瑠夏は卓袱台の上に、まずは年季の入った大皿をことりと置く。

皿のベースは漆黒で、その上で銀色の唐草模様が曼荼羅《まんだら》のように踊っていた。

「宝相華《ほうそうげ》」

上宮が静謐《せいひつ》に微笑んだ。

「僕のお気に入りの文様です。この皿自体は無銘の骨董《こっとう》品なんですけど、形の織り成す世界観が素晴らしい。和菓子をより魅力的に彩ってくれます」

「兄さんは、これでも骨董品店を巡るのが趣味なので。さてと――」

瑠夏が持参した杉折《すぎおり》の蓋を開け、中に入れてあった和菓子を宝相華の皿に盛りつけていく。大勢が集まることを予期したのか、ゆうに二十個以上あった。

――しかし……なんだこれは？

不思議な和菓子だった。

形とサイズこそ栗饅頭に似ているが、クリーム色の生地の表面を奇妙なものが覆っている。その饅頭は、深みのある濃い茶色のタレを塗った状態で焼かれていた。

「これは？　見たことない和菓子だけど」栗田は尋ねる。

「栗饅頭です」

上宮は平然と応じた。「霜山さんのお母さんを満足させるための」

「あぁ……？　これ、霜山さんに教えた栗饅頭とは全然違うだろ。まるで別物だ。もしかしてあの人に嘘を教えてたのか？　本物はこっちなのかよ？」

「ふふ、まさか」

上宮は蓮《はす》の花が開くように両手を広げ、栗田に答える。

「霜山さんに教えたのが本物で、仰《おっしゃ》るとおり、これは別物。しかし別物だからこそ、この場で本物になるんです」

「なに言ってんだ？」

「まぁ、食べてみてください。皆さんの分を用意してきましたから」

栗田は困惑まじりに菓子楊枝を、その栗饅頭にはとても見えない栗饅頭に刺す。茶色のタレが塗られたそれを無造作に口へ持っていった。

「――えっ？」

舌が触れた瞬間、小さく声が漏れる。

表面に塗られていたのは、優しい味の甘味噌《あまみそ》ダレだった。にもかかわらず――。

なんという上品で、複雑な味なのか。

一体どれだけの材料を組み合わせているのだろう？

砂糖、日本酒、みりん、はちみつ、味噌――。砂糖と酒は間違いなく複数使用しているが、把握できたのはその程度だ。たぶん実際に使われた材料は数十種類に及ぶだろう。ゼロから作ったわけではなく、馴染みの名店から調達した秘伝の品なのかもしれない。しかも焼いては塗ってを何度も繰り返しているため、味の濃淡が深く、全容を把握するのは至難の業だった。

その甘味噌ダレの味に衝撃を受けつつ、本体に歯を立てると、さらに驚かされる。

ふかっとしたその感触は、本来ありえない軽やかさだ。

――くそっ！

思わず叫びたくなった。

旨い。間違いなく旨いが、でもこれは――。

葛藤している暇はなかった。ふかふかの生地の奥から、今度は濃厚な甘味の餡が押し寄せ、今までの味を波のように浸食していく。

出てきたのは、こってりと濃密な白餡。しかも舌にじわじわ甘く染み込んでくる。

その中心には栗の甘露煮がごろりと潜んでいて、嚙むとほくほく感が白餡となめらかに混ざり合った。

――もう、たまらない。

葵が監修した栗饅頭は甘味の中に塩味を仕込んでいたが、これは完全に逆だ。甘辛い上品なタレの奥に、どっしりと甘い白餡と栗の甘露煮を入れてある。

こくんと飲み込み、栗田は深呼吸した。

すさまじいほど美味しかった。そのことは素直に認めよう。しかし——。

「……これ、パンじゃねえか」

我慢できずに栗田は語気を強めた。「生地の風味がパンだ。和菓子じゃない！」

すると上宮は菩薩のように微笑んで、奇妙なことを訊く。

「栗田くん、蒸しパンはお好きですか？」

「なんだよ、突然？　別に嫌いじゃねえけど」

「あれ、お菓子だって知ってました？」

「なに——？」

急に意外なことを言われて面食らった。そんな栗田に上宮は、「そもそもパンの定義とはなんでしょう？」と素朴だが難しい質問をぶつけてくる。

栗田が困っていると、隣の葵が「ざっくりでいいですか？」と助け船を出した。

「小麦粉などの穀粉《こくふん》にイーストや塩などを混ぜて、練って発酵させたパン生地を焼いた食品——それがパンです」

「正解、さすが葵くん。その辺のことは消費者庁のパン類品質表示基準に書かれています。この定義に照らし合わせると、蒸しパンはあくまでも蒸した食品」

つまり、焼いていないからパンではないと言いたいのだろう。

上宮は髪にくるくると指をからめて、「今度、蒸しパンを買ったら名称の表示を確認してみてください。和菓子と記載されてるものも多いですよ」と付け加えた。

「……で？」

栗田は仏頂面で目を細める。「今の詭弁《きべん》に照らし合わせれば、この饅頭みたいなパンは、パンみたいな饅頭だって言いたいのか？」

「いえ、定義なんて些末《さまつ》な事柄にこだわる気はありません。でも些末なことだけに、どうやって作ったのか語ってもいいですよね？」

「好きにしろよ」

「はい、まずは強力粉と薄力粉をふるいにかけ、そこにドライイーストを混ぜて、湯と塩を加えます。そして捏ねたものを一次発酵。やがてイーストのいい香りが漂ってきます。サイズが二倍程度に膨れあがったら小さく切り分けまして、白餡と栗の甘露煮を包んで二次発酵。あとは蒸すだけで、蒸し饅頭のできあがり」

「……そうか。ある意味、昔の酒饅頭《さかまんじゆう》みたいな製法なんだな。酒母《しゆぼ》は使ってないけど。代わりにイーストを使って蒸しパンみたいにしたわけか」

「その方が、ふわっと軽い珍しい感じに仕上がると思って。この後は何度もタレをつけながら焼くわけですが、染み込んで塗りやすくなるんです。また、内側の餡と栗はボリュームがありますから、外側はなるべく対照的な食感にしたいな、と」

――塩味と甘味だけではなく、軽やかさと重さも同居させたのか。

栗田は内心、驚嘆する。独創的にも程がある内容だった。

「……なるほどな。確かに参考になった」

「ありがとうございます」

「でもよ。なんでここまで変わった菓子を作らなきゃならなかったんだ？　これって霜山さんのお母さんが求めてるものとは全然違うだろ」

「そうでしょうか」

「え？」

「――本当に？」

ふいに上宮が視線を奥に向け、ぱちっと指を軽く鳴らした。

振り返ると、霜山の母が上宮の饅頭を食べているところ。彼女は夢でも見ているような忘我の表情で咀嚼し、やがて嚥下するとこう言い放つ。

「ああ……これ、これ！　これだわぁ！」

驚くべきことに、彼女は心底嬉しそうに膝を打った。

「思い出すなぁ――この美味しさ、この斬新さ……本当に懐かしい。これは上宮くんの和菓子だわ！」

――なんなんだ。

栗田の全身にぞっと鳥肌が立つ。頭から氷水を浴びせられた気分だった。

あろうことか、霜山の母は上宮の饅頭を食べながら、歓喜の涙を流している。

本当に、なんだというんだ、この圧倒的な反応の差は――。

震撼《しんかん》する栗田をよそに、霜山の母がふいに目を見張った。霞《かすみ》がかかっていたような瞳に瑞々《みずみず》しい意思の光がよみがえる。

上宮の和菓子を食べて、記憶の中のなにかを刺激されたのか。本来の自分を取り戻したらしい彼女は、唖然とした顔の霜山と兄たちに、なんと説教を始めた。

「なんだい、おまえたちは。いくつになっても気が利かないねぇ。来るなら来るって前もって連絡しなさいよ。ご馳走作っておいたのに！」

「か、母さん……？」

霜山たち兄弟は、ほとんど腰を抜かしそうな驚きぶりだった。

彼女はひとつ深い息を吐き、しみじみと言う。

「……でも本当、よく来てくれた。ありがとうねぇ」

その言葉を契機に霜山たちが、わっと皆で母親にすがりついた。家族愛が溢れる感動的な光景を前に、栗田は冷え冷えと空恐ろしい気分で呟く。

「な、なぜだ……？　どうしてここまで反応が違うんだ——」

わけのわからない恐怖を感じた。上宮が長い睫毛を伏せて答える。

「美味しさとはなにか。その視座から出発したかどうかの違いでしょう。出発地点を間違えば、ゴールに辿り着くのは難しくなります」

「美味しさとはなにか……だと？」

考えたこともなかった。美味しいものは美味しい。自分に備わった感覚がすべてだと栗田は思っていたからだ。

上宮は顔を上げると、透明感のある薄茶色の瞳で、栗田を静かに見据える。

「あなたの考えていることが僕にはわかる。そう、美味しいものは美味しい。それはなにかを食べたときに喚起される好ましい感情のことですが、客体と主体のふたつの方面から考えられます。まず客体とは、ここでは食べ物のこと。味や香りや見た目や食感——言い換えれば物性がもたらすものだということですね。化学や美術や物理の分野です。そして主体というのは食べる人のこと。いわば個人の主観です。例えばごく普通の和菓子でも、百年続く老舗の伝統の品だと打ち明けられた途端、急に美味しく感じられる——場合もあります。その情報の真偽がどうあれ」

「なんだよ、心理学か？　それはハロー効果とかいうやつだよな」

意図的に錯覚を誘うのは、あまり格好いい行為ではないと栗田個人は思っている。

「でも今回は関係ないだろ？」

「ええ。僕が言いたいのは、美味しいというのは自らが作り出す感情であって、万人共通のものではないということ。だから僕は霜山さんのお母さん——椿さんの人となりについて調べてみました」

「——なに？」

「法隆寺の前で会ったあのとき、僕は霜山さんのお兄さんたちと会話して、さりげなく訊き出したんです。椿さんの普段の料理の味つけ、得意料理、なにを好んで食べていたのか……。まぁ、ちょっとしたホット・リーディングみたいなものですね」

こいつ、と栗田は舌打ちしたくなる。

ホット・リーディングというのは、霊能者などが事前に客の情報を調べておき、あたかもその場でわかったかのように様々なことを言い当てるという古典的な話術だ。

もちろん上宮は軽いジョークとして口にしただけ。

細い指で、こめかみを押さえながら彼は続ける。

「この家の場所を含めて、様々な話を訊き出しましたが――僕が知ったのは椿さんが、わりと大雑把な味覚の持ち主だということ。決して葵くんのように超人的な舌を持ってるわけじゃないんです。とっても普通。よくも悪くも、九年以上も前に食べた和菓子の味を正確に覚えてるタイプじゃありません」

上宮の長い説明に焦れてきた栗田は、核心に切り込むことにした。

「なら、おまえの和菓子のなにが気に入ったっていうんだ？」

「心理的衝撃」

「え？」

「それはある種の斬新さ――と言い換えられるかもしれません。椿さんはですね、新しもの好きだったんです。当時、少年だった僕が和菓子職人として作り出した、変わった和菓子――それに心を動かされた。今までにない妙味に驚いたことが、椿さんの主観の中で、美味しいという感情にすり替わったんです」

そういうことか。

栗田は呆然としつつも得心した。

思えば、最初からその節はあった。霜山が語っていたじゃないか。

上宮の和菓子は意外な着眼点から作られる品が多く、新しもの好きの母の心を絶妙にくすぐる――そんな意味のことを。

――『あれはほんと、今までにない美味しさだった……』

椿のその言葉は対象の美味しさについて語っているようだが、彼女が本当に重視する内的な「美味しい」の定義を暗示してもいたのだ。

新奇な味に感動することが椿にとっての真に美味しい体験であり、それに再び直面させる必要があった。

いくら同じ味を再現しても、繰り返すほどに感動は薄れる。だから今回、上宮は凝りに凝った変わり種の菓子を作り、当時のような驚きを椿に与えて、心を動かした。

その揺れ幅が、思い出の栗饅頭のときの感動と重なったのだろう。

「思えば、このイーストを使った栗饅頭は九年前、椿さんがようちの店に来ていた時期に閃いたもの。ちょうど時期的にも符合したのでしょう」

今や、すべてに納得がいった。だからこそ栗田は言葉が出ない。

――なんてやつだ。古き和菓子の世界には、こんな男がいたのか。

言葉を失い、沈黙する栗田の横では、こちらとはお構いなしに明るく騒がしい一幕が始まっていた。元気を取り戻した椿が、息子たちに再び説教している。

「あのねぇ、あんたたち。省吾から聞いてたよ？　阿漕《あこぎ》な経営ばっかりしてたら、いつかしっぺ返しを食うんだからね。社員に無茶な働き方をさせるのは、いい加減やめなさい。お給料を上げて、ちゃんと残業代も出すこと」

「いや、母さん。会社の金ってのは無限にあるわけじゃなくて……」

「あんたたちの報酬を少し下げて、そこから出せばいいじゃない。できないことはないんでしょ？」

「ええぇ？」

「できないことはないんでしょ？」

「わ、わかったよ」

「うんうん」

霜山家の方は、もう問題なさそうだった。上宮の饅頭を食べながら侃々諤々《かんかんがくがく》と言い合う彼らの様子を見るに、家族の関係は今後、より良好なものになるだろう。会社の方も今後はブラック体質を改めるのかもしれない。

だが栗田は、とても手放しでは喜べなかった。

上宮の才覚に驚愕していたこともあるし、隣の葵が目に見えて青ざめていたからだ。

彼女は眉根を寄せて俯き、華奢な体は怯えるように細かく震えている。今にも泣き出しそうにすら見える。

くっ、と栗田は歯噛みする。——気持ちはわかる。

葵の立場からすれば、自分の監修した和菓子が椿の心に届かなかったにもかかわらず、上宮のものは結果を出したのだ。しかも椿は涙を流して感激し、一時的かもしれないが、昔の元気を取り戻すという文句なしの快挙。

さらに付け加えるなら、上宮は指示を出すだけで、実際に作ったのは妹の瑠夏だ。

この結果には、すさまじい差がある。

だが——。

栗田は上宮の涼しげに整った顔を毅然《きぜん》と睨みつけた。葵は負けたわけじゃない。

「……でもよ、上宮。喜んでばかりいるのもどうかと思うぞ」

「なんですか、急に？」

上宮が意外そうに目をしばたたく。

「おまえの考えと、それを表現した和菓子は確かにすごい。出した結果が、どんぴしゃだったのも認める。ただ、別な視点から少し指摘しておきたいことがあってな」

「と、いいますと？」

余裕に満ち溢れている上宮に、栗田は口端をにやりと上げて告げる。

「――本当に美味しい和菓子はどっちだろうな？」

えっと声をあげる上宮の前で、栗田は霜山家の人々に問いかけた。

「はいはい、注目ー。霜山家にお集まりの皆さん、突然ですが、ここでひとつ質問があります。なんやかんやで、非常に美味しかった本日の和菓子。最初に食べたものと今食べたもの――個人的な好みで言うと、どちらの栗饅頭がお好きですか？」

個人的な好みという部分に力を入れて、栗田は発音した。

それにどんな意味があるのかわからず、あるいは唐突な質問に虚をつかれて、皆がぽかんとしている。不思議な種類の沈黙が降りた。

だがやがて、霜山家の長男の洋一が、首の後ろを掻きながら口を開く。

「あー……。まあ、訊かれたんだから答えますか。確かに上宮さんの作った饅頭は斬新で、とんでもなく美味しかったですよ。でも個人的な好みを言うなら、俺は最初に食べたものの方がいいなあ」

「俺も」

もうひとりの兄が続ける。「俺も普通っぽい栗饅頭の方が好きだ」

さらにもうひとりの兄がうなずいて言う。

「右に同じ。なんだろうね……。食べ慣れてるものって、こういう味が来るっていう安心感があるんだよ。それも込みで、旨いというか」

　栗田の予想どおりだった。

　母の椿を除くと、霜山家の人々はこぞって葵が監修した栗饅頭を支持する。浅羽と由加の意見については、友人だから一応フェアにカウントしないでおこう。

　ちょっと呆気に取られた顔の上宮に、栗田は告げた。

「つまりはそういうことなんだよ。本音の部分で人が好きなのは、未知のものより慣れ親しんだ味。安心できる美味しさなんだ。一概には言えないが、和菓子って分野ではその要素が大きいと俺は思ってる。才気溢れる斬新さも、度を越せばマイナスポイント。長い時間の中で淘汰《とうた》されていくんだ」

　上宮は黙って栗田の話に耳を傾けていたが、やがて片手を柔らかく広げた。

「うん。確かに、そういう考え方も一部にはあるでしょうね」

「あるんだよ。これが人類全般的に、滅茶苦茶あるんだよ」

　そして栗田は青い顔で俯いている彼女へ向き直る。

「だから葵さん、安心しろ。確かに目的を遂げたのは上宮だけど、勝負に勝ったのは葵さんだ。落ち込むことなんか一切ねえ！」

「はい？」

声をかけると、葵は顔を上げて数回まばたきした。

「すみません、ちょっと考え事をしてました。勝負ってなんのことですか？」

「え？　だから——」

上宮に負けたと思って落ち込んでいたんじゃないのか？　栗田が心配の内容を説明すると、葵は驚きで瞠目した後、くすくすと嬉しそうに笑って艶めく唇を押さえた。

「やー、栗田さん、優しい。でもわたし、別に落ち込んでたわけじゃないですよー」

「ん、そうなのか……？」

「ええ。だって勝負してたつもりないですもん。もともとこれは上宮さんのレシピをアレンジしただけですしね。それに、もしも勝負するなら、わたしは必ず勝ちます。たとえ誰が相手でも」

すると上宮が不敵に微笑み、「そう、葵くんならそう考える」と言って続ける。

「『わたしの構想を正確に表現できる職人に手伝ってもらえば充分可能です』——と葵くんなら言うでしょう。続けて『その職人には既に心当たりがあります』とも言うでしょう。僕はその言葉を虚勢だとは思いません。ただ——」

「ただ？」

「——あのときの僕たちは、結局どちらが勝ったんでしょうね」

そこまで語ると、上宮はなぜか瞼を閉じて沈黙した。

葵もどこか遠くを見るように薄く目を細めて、なにも言わない。

よくわからないが、話題にずれが生じ、ふたりだけの異質な局面へ入り込んでいきそうな気配があった。それを無理やり振り払い、栗田は現実的な質問をする。

「でも葵さん。だったら、なんでさっきまで悩んでたんだ？　こう、暗い顔してさ」

「あ、そのことですけど」

葵が我に返ったように続けた。「じつは、ちょっと心配で」

「心配？　なにが？」

電車の時間です、と葵は生真面目な顔で言った。

「わたしたち、今日これから東京に帰るわけじゃないですか。でも新幹線って奈良駅からじゃなく、京都駅から出発するんですよね。そこでお茶とか駅弁とか色々買うとして、ここから京都駅までは意外と距離が――」

そこで栗田は、ふと霜山家の壁の鳩時計に目をやる。

「あ！」

まずい。事前に新幹線のチケットを購入しておいたのだが、時刻が迫っていた。

ここから近鉄奈良駅までタクシーで行き、特急に乗れたら、ぎりぎり出発時刻までに京都駅へ辿り着けるだろうか？　非常に危ういところだ。

「由加、浅羽！」

栗田が切羽詰まった顔を向けると、ふたりは「急ごう！」と声を揃える。

「……突然ですが、そんなわけで俺らは失礼します。今日はお世話になりました！」

栗田が言うと、葵がぺこりと笑顔でお辞儀して続ける。

「本当に、旅行のいい思い出ができました。ありがとうございますー」

「あまり話せなかったけど、皆さん、元気でね！」由加が両手の親指を立てた。

「チャオ」

浅羽がそう言って手をひらりと振る。

上宮兄妹と霜山家の人々が唖然とそれに応えた直後、栗田たちは後ろ髪を引かれる余裕もなく霜山家を飛び出し、一目散に駅へ駆け出したのだった。

＊

「ん……」

新幹線の車内アナウンスで栗田は長い眠りから覚めた。

夢うつつの朦朧《もうろう》とした頭で、もう品川駅か、と考える。

外はもう、すっかり夜だった。

あれから栗田たちは、追ってきてくれた霜山の車に乗せてもらい、近鉄奈良駅へ。ちょうどホームに入ってきた電車に乗って京都駅へ向かい、どうにか予定の新幹線に間に合った。

その後はすっかり緊張の糸が切れて、最初のうちこそ色々お喋りしていたが、疲れが溜まっていたのだろう。次第に会話も間延びして、いつのまにか栗田は眠りに落ちていた。どうも一時間近く寝ていたようだ。

そして今、ようやく半覚醒状態だった頭がはっきりすると、

「——なんだこりゃ？」

思わずそんな声が漏れる。

栗田は三列シートの通路側のC席に座っているのだが、中央のB席でなぜか由加が座ったまま身を乗り出し、前の座席に横顔をめり込ませるようにして寝ていた。

「どういう寝方だよ……。上宮の和菓子より斬新じゃねえか」

そもそも由加は通路を挟んだ隣の二列シートに座っていたはずなのだが――と思って目をやると、そちらでは浅羽が心地よさそうに惰眠を貪っている。

なるほど。たぶん最初に中央のB席に座っていた浅羽が眠くなり、離れた席の由加と席の交換を申し出た。そして張り切ってこちらに来て、お喋りに明け暮れるつもりだった由加も、いつしか力尽きて結局寝てしまったのだろう。

「気持ちよさそうに安眠してるし、まぁいいけどよ」

ひとりごちて窓辺を見ると、ふと、魔法のようにぱっと葵と目が合う。

「あ――」

静かだから熟睡していると思い込んでいた。でも起きていた。

新幹線の照明の効果か、肌がいつにも増して幻影のように白く見えた。星空のような夜の車窓を背景に、葵は睫毛の長い目を細めて栗田に向けている。

「おはようございます」

葵がささやくように言った。

どういうわけか、栗田はうまく言葉が出せなかった。

――こんなにきれいな人だったか……？

呆然と目を奪われる。いや、もともと葵は類い希《まれ》な美人だ。それはわかっているのだが――きっと今は寝起きだから、いつにも増して現実離れした魅力を放っているように感じられるのだろう。

「……おはよう」

栗田がそう答えると、葵は無言で柔らかく頬を緩めた。

しばらくの間、電車の無機質な走行音だけが響く。やがて葵がそっと口を開いた。

「栗田さん」

「なに？」

「旅行、楽しかった」

葵が声をひそめてそう言った。

「ああ。俺もだよ」

心を込めて答えた直後に、はたと栗田は気づく。

「でも――なんか悪かったな。せっかくの旅行だったのに気忙《きぜわ》しくて。呑気《のんき》に名所巡りするはずが、ずっとばたばた状態。いつもとやってること、大差なかったような」

ふふっと葵は楽しそうに笑った。

「それもまた楽しい思い出ですよ。素敵な冒険でしたー」

「冒険……か」

「旅行の内容以前に、それに出かけたこと自体が、わたしの中では大きかったので」

葵の言葉の意味をしばらく考え、栗田は心の中で噛み締める。

確かに、もしも浅羽と由加が現地で合流していなければ――。

わかりやすく目に見える変化はないが、たぶん自分たちの関係は進展したのだろう。

出発前はなにかにつけて意識してしまい、ぎこちなくなることも多かったが、これでまた新しい局面に変わっていく。そんな気がした。

「栗田さん」

葵が瑞々しい双眸を、ひたと栗田に向けた。

「これからも――よろしくお願いします」

「ああ。俺の方こそ」

力強く答えると、葵は首を傾けて、ふわりと嬉しそうに微笑んだ。

なぜだろう。その笑顔を見た瞬間、栗田は胸の奥が強く締めつけられる。

うまく表現できないが、今このときが、とても大切なものに思えて――。

もうこんな瞬間は訪れないんじゃないか。東京駅に到着したら、この特別な空気は消えて失われてしまうのでは。

理由のない胸騒ぎに駆られて、栗田は意味もなく窓際の葵へ右手をのばす。

すると不安は一瞬で消えた。

葵も栗田に向かって白い手をのばし、ふたりの手が虚空で触れ合ったからだ。

まるで心が通じ合ったような安堵感。お互いの体温が手から伝わり、心臓の鼓動が速くなる。なにも言わず、赤面して見つめ合うふたりを乗せ、新幹線は流星のように東京駅へ走り続ける。

夢のような、ほんの束の間の一時だった。

というのも、直後に通路側から、予想もしない声が響いたからだ。

「あはー」

戦慄がひやりと栗田の背筋を駆け抜ける。

振り返ると、そこにはまたしても上宮暁の姿があった。両手の人差し指を自分の頬に向けて、彼はにこにこしている。

栗田と葵は弾《はじ》かれたように、すばやくお互いの手を離した。

「おまえ——なんでここに?」

赤面しながら栗田が睨みつけると、上宮は「じつは同じ新幹線に間に合いまして。ちょっと疲れて、今まで自由席で寝てましたけど」と言う。

「僕も今日、東京に戻る予定だったんです。一応、身分は大学生ですからね」

「……そうか」

そういえばそんなことを言ってたな、と拍子抜けしながら栗田は半眼でぼやいた。

「だからって脅かすんじゃねえよ。心臓麻痺《まひ》で死んだらどうすんだ」

「そのときは、ちゃんとＡＥＤで蘇生させてあげますよ。ほら、もうすぐ東京駅です。降りる準備しましょう」

やがて新幹線の車内にアナウンスが流れ始めた――。

「つーかさ……。おまえほんと、どこまでついてくる気？」

東京駅から浅草駅に着き、馴染みの雷門通りを歩きながら栗田は、隣を歩く上宮に仏頂面でそう訊いた。

「別に、ついていってるわけじゃないですよ。ただ、浅草に知り合いがいるので、ひさしぶりに顔を見ていこうかと」

数々の灯《あか》りに彩られた夜の下町を悠々と歩きながら、上宮が答える。その周囲では浅羽と由加がこれ以上なく怪訝《けげん》そうな表情をしていた。

おまけに葵まで帰宅せずについてきている。心なしか顔が青ざめていた。

「気になる……。ここまで執着されると、さすがに気になりますよ。もしかして上宮さん、栗田さんのことを——」

そうひとりごちて真っ青になると、葵は体を左右に振って言った。

「……だ、だめです！　それだけはだめです！」

葵が片手で頰を押さえるが、なにを心配しているのか、栗田にはよくわからない。

ともあれ、興味を持った栗田は、逆に上宮についていくことにした。

ややあって国際通りに出る。つくばエクスプレスの駅があるそこは、浅草の玄関口として夜も多くの人が行き交い、賑やかだ。

その一角に、町家を改装したような老舗風の新店、夢祭菓子舗が佇んでいる。

ちょうどクローズの作業中らしく、店主の弓野有が店の前を箒《ほうき》で軽く掃いているところだった。

ふいに葵が「あ！」と短く驚いたような声をあげる。

「そっか。やっぱりそういうことだったんですね。思えば確かに、あの暖簾は——」

直後に葵はぱたぱたと、ひとりで夢祭菓子舗へ駆けていった。

「おい、葵さん？」

驚いた栗田も葵の背中を追う。

店の前に着くと、葵は夢祭菓子舗の紫色の暖簾をまじまじと眺めながら、「んー、やっぱり書体も似てます。なるほど。だから気になったんだ……」

そんな意味不明の呟きを繰り返し、栗田を困惑させる。ふと思いつくことがあって尋ねようとしたとき、ちりとりに落ち葉を入れていた弓野がこちらに気づいた。

「あっ、栗田くんと葵くんだ」

中性的な容貌に笑顔を浮かべ、茶色の柔らかそうな髪を揺らして弓野は栗田のもとへ駆けてくる。間近で立ち止まると、彼は両手を後ろで組んで言った。

「旅行に行ってたんでしょ、栗田くん。仲良しのみんなから聞いてるよ」

「SNSのお仲間か？」

栗田の問いに、「もちろん！」と弓野は肯定して続けた。

「旅行、楽しかった？　うん。それは楽しいよね。だって僕たち職人が一生懸命働いてるときに、自分たちだけは行楽地を呑気に遊び歩いてるんだもん。——いいなあ。ほんと、すごくいいことだよね」

「だろ？　今度おまえも行けよ」

「あはは。それが簡単にはできないから、プロの和菓子職人なんじゃない」

あざとくも可愛らしく弓野は頰を膨らませて続けた。

「でもね、大丈夫だよ。栗田くんが働かずにどんなに楽しんでるか、そのことを僕がどう感じているか、もやもやはＳＮＳに呟いて、ちゃんと発散しておいたからね。うん、やっぱり気持ちを皆の前で吐露することって、大切だと思うんだ。誰よりも、まずは自分に優しくすることが、新時代の勇気だものね」

「お、おまえ、また……！」

さすがの栗田も、どっと汗をかいた。

「あのなぁ、おまえがおまえに優しくするのはいいけど、他人はおまえの世界の引き立て役じゃねえんだぞ？　前みたいに妙なこと書き込んでねえだろうな。自分を上げるために、他の店をさりげなく落とすのはやめろよ？」

「ふふっ、どうなんだろうね」

「や、どうなんだろうじゃなくて」

「ごめんね、わからないよ」

無邪気そうに微笑む弓野を前に、栗田は汗が止まらない。こいつは本当に苦手だ。

懐かしの浅草に帰ってきたはいいが、また新たな面倒事が始まりそうな気がする。

と、そのとき突然「だめですよ。あまり他のお店に迷惑をかけては」と飄々とした声がする。

言葉を発したのは、店の前までやってきた上宮だった。

「ひさしぶり、ゆーみん。元気にしてました？」

「──上宮さん」

その瞬間の弓野の反応は、まさに劇的だった。

いつも微笑みを絶やさない弓野が瞠目して大きく仰《の》け反《ぞ》り、後ろに倒れる。驚きで腰を抜かしたようだ。尻餅をついた格好のまま、彼は立ち上がることができない。

金魚のように口をぱくぱくさせながら、真っ青な顔で弓野は呟く。

「う、上宮さん、なんでここに！　どうして彼らと──」

「ちょっとした偶然なんですけどね。帰省中に仲良しになったもので」

薄茶色の瞳でおだやかに弓野を見つめる上宮に、栗田は顔を近づけて尋ねる。

「なんだよ、上宮。知り合いなのか？」

「ええ、ゆーみんは僕の昔からの友人です」

「……マジ？」

「もともと彼は、うちの店で働いてたんですよ。少し前に出資者を得て独立したんです。最初はねぇ、東京に関西和菓子の拠点を作るよー、なんて威勢よく言ってたんですけど、うちの祖父とひどく揉めちゃって、今でも支店を名乗ることは許されていない……そんな関係ですね」

――そうだったのか。

だから似ていたんだ、と栗田は得心する。

あの町家のような店舗の外観。

あの紫色の暖簾と格式のある書体。

どこかイメージが似ている、御菓子司夢殿と夢祭菓子舗という店名――。

「上宮さんは……僕にとっては和菓子の神だ」

弓野がまだ微妙にうつろな目でそう呟き、「どちらかというと、仏？」と茶化す上宮の手を借りて、よろよろと起き上がった。

気力を取り戻すように大きく深呼吸する弓野に、上宮は優しい目を向けて言う。

「なにはともあれ、これも縁でしょう。ゆーみん、ネットで他人に迷惑をかけたら、消して謝りなさいね。栗田くんとは本当の友達になりなさい。はい、握手ー」

取って付けたような言葉とともに、上宮が弓野の手を取って、栗田の手を無理やり握らせる。なんだかよくわからない急展開に流されながら、栗田は呆然と考えた。

——棚から牡丹餅《ぼたもち》ってこういうことだな。

だが、とりあえず両者の関係はわかった。上宮と弓野がそういう関係なら、今後は多少安心できる。弓野に手を焼かされて困ったら、上宮に電話しよう。

やがて上宮は、儀礼的に握手している栗田と弓野の肩をぽんぽん叩くと、

「うん、これで一件落着。では、近いうちにまた会いましょう！」

そう言って単身、夜の街へ消えていったのだった。

ほのぼのとその光景を眺めながら、葵が言う。

「やー、謎の男、上宮って感じですねー。でもよかったですよ。あの人がわたしたちに関わってきた意図がわかって」

「え？」

「思えば、最初にちゃんと言ってたんです。ほんと、わかりにくいんだから」

「わり。葵さんの言っていることも微妙にわかんねえよ。どういう意味だ？」

「あ、ごめんなさい。えーとですね——栗田さん覚えてます？　あの人、最初に栗田さんと出会ったとき、『行っちゃおうかな』みたいに言ってたんですけど」

「最初？　あぁ、ワーキングメモリを試されたときか……」

――『ちょっと興味が湧いてきました。――行っちゃおうかな』

記憶の糸をたぐれば、確かにそんなことを言っていたような気がする。

「なに？　あれ、浅草に行っちゃおうかなってことだったの？」

栗田が驚いて言うと、葵は細いあごの先に指を当ててこう語る。

「たぶん、やや癖のある弟分の弓野さんに、栗田さんが困らされていないか心配したんじゃないでしょうか？　さっきの話だと、上宮さんが浅草に店を出したこと自体は知ってたみたいですし、祖父とひどく揉める程度には、弓野さんには面倒な部分があったんでしょうから」

葵はすらすらと続ける。

「そして上宮さんは、こうして実際に浅草まで来て、栗田さんの悩みを解決してくれたわけですけど――最初は栗田さんがそれに値する人物なのか、見極めようとしてたんだと思います。いろんな事態に対処するときの姿勢や考え方、そういうもろもろを探って、栗田さんの人となりを知ろうとしてたんじゃないでしょうか？」

「……そんなに明確な理由があったのかよ」

普通じゃない、と栗田は思う。

あの時点でそこまで深遠に考えられるか？　いくらなんでも無理筋では？

「上宮さんは、栗田さんのことが相当気に入ったんでしょうね」

葵が続けて「意外と面食いなのかな……あの人」とぼそりと呟く。

「いやいやいや、そういう問題じゃなくて。いくらなんでも強引だろ。あの時点の上宮に、なんだって俺と弓野に接点があるってわかるんだ？」

浅草で和菓子屋を営む、同世代の男――それだけの要素で判断したというのか？

「『仲良し』」

ふいに葵が言った。

「独特の言い回しですよね、それ。子供が使うような、普通の意味の仲良しとは少し違う。上宮さんはその言い方に含まれた微妙なニュアンスを読み取ったんじゃないでしょうか？　わたしと栗田さんの会話の中から」

葵は「うろ覚えですけど、確か最初に会ったときに」と呟いて続けた。

――『やー……。えっとですね。いわゆるひとつの、なんと言いましょうか』

――『言いたくないなら別にいいけど。ほら、あれ。仲良しにも色々あるんだろうし』

そうだ。栗田は鮮やかに思い出す。初めて上宮と会った際、栗田はちょっとした焼き餅から、葵とそんな言い合いをした。あのときの『仲良し』という言い方は、確かに弓野風のニュアンスを含んだものだった。

「そっか。それに加えて、浅草、和菓子屋の店主、同世代、みたいな要素を組み合わせて推察したのか……なるほどな。で、弓野に含むところがあるらしい俺の人となりを上宮は知ろうとしていたと」

「だと思います」

やばいな、と栗田は率直に感じ入る。

尋常ではない聡明さだ。非凡にも程がある。もちろん上宮のことではなく――。

葵がすごい。

今さらだが、さっき葵が夢祭菓子舗に駆けていき、暖簾をじっと眺めていたのは、そういうことなのだ。

葵は『やっぱり書体も似てます。なるほど。だから気になったんだ』みたいな発言をしていたが、じつはそれで栗田もひとつ思い出したことがあった。

奈良旅行に行く前、初めてふたりで夢祭菓子舗に赴いたときも、葵はやっぱり同じようにああやって暖簾を見ていた。そして、

――『なんでしょうね。たぶんなんでもないんですけど』

そう、確かそんな雰囲気のことを口にしていた。

きっとあのときは葵自身、なにが気になっているのか、わからなかったのだろう。

だが確かに引っかかるものがあった。それは店の名前かもしれないし、あるいはロゴマークなどかもしれないが、ともかく古い記憶の中の〝なにか〟に似ていたのだ。

だからこそ旅行先——奈良のならまちで、記憶と共鳴する店を見つけられた。

それが御菓子司夢殿本店。

あのとき、葵はまるで吸い寄せられるようにその場所に近づいていったが、もともと店の存在自体は知っていたはずだ。でも実際に現地に行ったことはなかった。

——『ここに——あったんだ』

店の前で、そういう意味のことを呟いていたから間違いない。

つまるところ、葵が浅草の夢祭菓子舗で昔の記憶を刺激されて気にかかり、外観や暖簾を目に焼きつけ、その状態で奈良のならまちに行ったから、御菓子司夢殿本店に強い吸引力を感じ、辿り着くことができた。

そして紆余曲折の末、結果的に弓野をけん制する抑止力——上宮暁を味方につけることができたわけだ。

葵がいなければ絶対にもたらされなかった、ちょっとした奇跡。

——俺にとって葵さんは、幸せを呼ぶ天使なのかもな。

柄にもなくそんなことを考え、ひとりで赤くなる栗田である。

だが、ふいに弓野が消え入りそうな小声でこぼした。

「これから……どうなっちゃうのかな」

「ん、これからって？」

栗田が尋ねると、弓野は血の気が失《う》せた顔で、奇妙なことを口にする。

「栗田くんはなにも知らないからね……。上宮さんは確かに優しいけど、血が凍るような恐ろしい人でもあるんだよ」

「え？」

「長生きできるといいね」

そう言うと身を翻し、弓野は足早に店の中へ歩き去った。

急に静かになった夜の国際通りで、栗田と葵、そして浅羽と由加が顔を見合わせる。

「なにあれ。どういう意味だ、今の？」

「……わかりません」

そんな言葉を交わす栗田と葵に、「捨《す》て台詞《ぜりふ》に決まってるじゃん。気にしない、気にしない」と由加があっけらかんと言い、浅羽がどうでもよさそうに相好を崩す。

「覚えてろー、みたいに言ってくれた方がウケたのにねぇ」

「……おまえら、他人事だと思って」

栗田は黒髪をくしゃくしゃと掻き、溜息をつく。

まあいい。心配しすぎるよりは、それくらいの方が健全にやっていけそうだ。

生きている以上、今後も面倒なことは起こるのだろう。ときには予想外の事態に立《た》ち竦《すく》むこともあるのかもしれない。

だが俺には浅草の仲間たちがいる。

誰よりも大切な、守るべき女性がいる。

だからこそ、この先も絶対にやっていけるし、やっていくんだと栗田は思った。

時の流れに押し流されず、そうやって前に進み続けるのが、変わらないということの本当の意味だろう。

現在は工事中の店も、そのうち再び営業できる。

また、心を込めた和菓子を全力で作りたい。それをずらりとショーケースに並べ、お客さんに胸を張って言いたい。

いらっしゃいませ。

いつも変わらずここにある、昔ながらの和菓子屋、栗丸堂へようこそ——と。

あとがき

お久しぶりです、似鳥航一《にとりこういち》です。それとも、はじめましてでしょうか。

この『いらっしゃいませ　下町和菓子　栗丸堂』には前日譚《たん》に相当する『お待ちしてます　下町和菓子　栗丸堂』というシリーズがあるのですが、今回の本から読んでも問題ないように書いていますので、未読の方もどうぞご安心して頂ければと思います。

さて、この物語の題材は、たぶん誰もがおわかりのように和菓子。自分の中では「関西編」という仮称で構想していたものです。

といっても主人公が関西に店を出すわけではなく、関西で不思議な人物と出会い、彼にまつわる和菓子について理解が少しずつ深まっていくというような内容です。

でも、どうして和菓子で関西なのか？

僕が昔、京都に住んでいて、大阪《おおさか》や奈良によく遊びに行ったからという理由も若干あるのですが、もちろんそれは副次的なものです。

長い伝統のある和菓子――その発展は日本の歴史と深く関わっています。

和菓子という呼称は、明治時代に西洋から入ってきた洋菓子との区別のために生まれました。ただ、菓子そのものは開国の前から存在しています。江戸時代、庶民が気軽に食べていた江戸菓子しかり、上方で雅《みやび》に花開いた京菓子しかり。

また、饅頭は鎌倉時代には伝来していたという説もありますし、現代の和菓子とはだいぶ異なるものの、遣唐使などがもたらした唐菓子の存在も無視できません。さらに古代においては、意外なものまで甘い間食として口にされていたようです。調べていくと、どこまでも遡って深掘りできそうで興味が尽きません。

江戸幕府が開かれる前の文化の中心地は京都だったと言われています。でもその前は？　さらにその前は――と考えを進めていくうちに意識が西へ向かい、次第に自分の中で「和菓子、関西編」という言葉にまとまっていったのでした。

この巻の舞台は主に奈良。古き飛鳥に思いを馳《は》せて頂けると幸いです。

素敵なイラストを描いてくれたわみずさん。丁寧な仕事をしてくれた編集者さん、校正者さん、デザイナーさん。そして読者の方々ありがとうございました。

それではまたお会いしましょう。

似鳥航一

<初出>

本書は書き下ろしです。

この物語はフィクションです。実在の人物・団体等とは一切関係ありません。

◇◇メディアワークス文庫

いらっしゃいませ 下町《したまち》和菓子《わがし》 栗丸堂《くりまるどう》

「和《わ》」菓子《がし》をもって貴《とうと》しとなす

似鳥航一《にとりこういち》

2020年 3 月25日 初版発行
2024年12月15日 9 版発行

発行者 山下直久
発行 株式会社**KADOKAWA**
〒102 - 8177 東京都千代田区富士見2 - 13 - 3
0570-002-301（ナビダイヤル）
装丁者 渡辺宏一（有限会社ニイナナニイゴオ）
印刷 株式会社KADOKAWA
製本 株式会社KADOKAWA

●お問い合わせ
https://www.kadokawa.co.jp/（「お問い合わせ」へお進みください）
※内容によっては、お答えできない場合があります。
※サポートは日本国内のみとさせていただきます。
※Japanese text only

※定価はカバーに表示してあります。

Printed in Japan
ISBN978-4-04-913142-0 C0193

メディアワークス文庫 https://mwbunko.com/

本書に対するご意見、ご感想をお寄せください。

あて先
〒102-8177 東京都千代田区富士見2-13-3
メディアワークス文庫編集部
「似鳥航一先生」係

◆◇◇

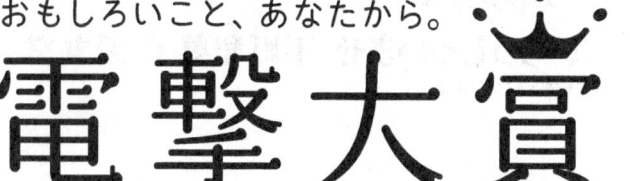